www.mayabook.co.kr

www.mayabook.co.kr

www.mayabook.co.kr

www.mayabook.co.kr

刀帝
도제

도제 ⑧

지은이 | 글작소
펴낸이 | 권순남
펴낸곳 | (주)마야 · 마루출판사
등록 | 2008. 1. 7(제310-2008-00001호)

초판 인쇄 | 2012. 1. 27
초판 발행 | 2012. 1. 31

주소 | 서울시 노원구 상계 1동 1049-25 신영산업 BD 602호
대표전화 | 02-2091-0291
팩스 | 02-2091-0290
이메일 | marubooks@hanmail.net

ISBN | 978-89-280-0536-9(세트) / 978-89-280-0697-7
정가 | 8,000원

잘못된 책은 교환하여 드립니다.
저자와 협의하여 인지를 붙이지 않습니다.

刀帝 ⑧
도제

글작소 MAYA & MARU 신무협 장편소설 ORIENTAL STORY

마루&마야

제92장. 단리의 도가 부러지다 …007

제93장. 머뭇거림이 화를 부르다 …033

제94장. 해남혈검문의 깃발이 휘날리다 …057

제95장. 원망을 받다 …077

제96장. 남련(南連)의 결성 …105

제97장. 호광을 피로 찢다 …131

제98장. 거짓을 구별하다 …155

제99장. 물을 파도가 쓸다 …181

제100장. 독이 불타고, 푸른 성이 무너지다 …205

제101장. 마교의 오판 …229

제102장. 관부 무림의 별이 지다 …253

제103장. 은폐(隱蔽)에 눈이 멀다 …279

제104장. 원처 않은 재회 …297

 삼백 년 전에 일어났던 혈교의 난을 가장 잘 드러내는 강호의 기록은 단 네 글자로 기록되어 있었다.

혈세천하(血洗天下)

 피로 닦인 온 세상.
 혈교의 난을 이보다 더 명확하게 설명한 기록은 찾기 어려웠다.
 물론 저 네 글자에 모두 담기엔 혈교의 칼날에 쓰러진 수많은 문파들과 강호인들이 쏟은 피의 양이 너무 많았지만 말이다.

그렇게 삼백 년 전 온 강호를 휘몰아쳤던 피의 광풍이 다시 되살아났다. 그리고 그것을 가장 먼저 막아선 것은 단리세가였다.

정말 미친 듯이 칼을 휘둘렀다.

시간이 무의미해지고, 모든 것을 베고 부수는 그의 칼을 따라 뿌려지는 피의 의미조차 희미해져 갈 때까지 도군은 움직였다.

주위에 늘어선 시신들과 그 시신들 속에 주저앉은 세가의 제자들을 바라보면서도 도군은 칼을 휘둘렀다.

그렇다고 살기 위한 몸부림은 아니다. 적을 죽이기 위해서, 조금이라도 이들의 발목을 잡기 위해서 도군은 자신이 갈고닦아 온 모든 것을 쏟아부었다.

그렇게 지나간 시간이 벌써 네 시진이다.

그동안 혈교의 모든 것이라 불리는 혈황은 아직 코빼기도 보지 못했건만, 몸은 천근만근 무겁고 온몸은 상처와 피로 뒤덮여 버렸다.

도군이 제아무리 초인이라 불리며 십대고수의 일인으로 우러름을 받았어도 사람임을 부정할 순 없다.

당연하겠지만, 사람인 이상 한계는 존재한다. 물론 그렇다고 이제 한계에 도달했다는 말은 아니다.

도군의 한계는 이미 한 시진 전에 지나쳐 버렸으니까.

그때부터 도군은 자신의 상처와 피로 버텨 왔다.

그렇게 바동거리며 수도 없이 베었건만 아직도 주변은 온통 적들로 가득했다.

하지만 이젠 그것조차 어려웠다.

도군의 몸을 빠져나가는 피의 양이 많아질수록 칼에 실리는 힘이 떨어졌다.

더구나 반 각전부턴 시야마저 흐릿해지고 있었다.

그렇다고 적 하나에 두 번의 칼질이 허용될 상황도 아니다. 일도일살, 그의 살도가 빗나가면 적의 칼이 도군의 목을 쳐 날릴 것이 분명했기 때문이다.

그러자면 칼의 위력을 지켜야 하는데 내력이 바닥난 지금은 그것이 어려웠다.

그 탓에 도군은 부족한 내력을 육체적인 힘으로 채울 수밖에 없었다.

그것이 길어지자 이젠 칼에 실리는 내력보다 체력이 더 많이 담겼다. 그만큼 도군은 급속도로 지쳐 갔다.

휘청-

마음먹고 휘두른 칼이 흐릿해진 시야 탓에 목표물을 빗나갔다. 그리고 기다렸다는 듯이 적의 칼이 도군의 목으로 날아들었다.

목표를 빗나가 저만치 멀어진 칼을 당겨야 한다는 생각은 들었지만 그걸 실행할 체력도, 내력도 남아 있지 않았다.

드디어 죽는다는 생각이 들자 순간의 시간이 억겁처럼 길어졌다. 그리고 그동안 살아온 생애가 주마등처럼 지나갔다.

사람이 죽기 전에 살아온 생애가 마치 그림처럼 지나간다더니 정말 그런 모양이었다.

자신의 목을 베어 낼 적의 칼날을 끝까지 바라보고 싶었지만 도군의 눈은 마치 누가 잡아당기기라도 하듯 저절로 감겨졌다. 그리고 떠오르는 생각 하나…

'모두 무사히 떠났을까?'

생각의 끝을 물고 싸늘한 살기가 목으로 들이닥쳤다. 그리고…

깡-

스걱 내지는 퍽 같은 절삭음이나 파육음이 아닌 쇳소리가 울렸다.

이유를 찾기 위해 힘겹게 떠진 도군의 시선으로 자신을 지나쳐 앞으로 나서는 단리격의 모습이 보였다.

"네, 네가 어찌……?"

"지금은 제가 맡겠습니다. 그렇다고 오래 쉬진 마십시오."

답 대신 들려온 아들의 말에 도군의 입가로 희미한 미소가 스며들었다.

그런 그를 지나쳐 수십 수백의 단리세가 고수들이 칼을 들고 적에 맞서 나갔다.

뒤로 밀려난 도군에겐 천금 같은 휴식이다. 그 달콤함에 취해 전장을 바라보았다.
"커헉!"
적과 맞선 곳에서 피가 튀고 세가의 제자가, 아니 사사로이는 사촌 조카가 목 없는 시신이 되어 튕겨 나왔다.
단리의 피와 죽음으로 버는 시간. 휴식의 달콤함 속에서 차가운 현실로 내동댕이쳐진 도군은 그 피로 만드는 시간 뒤에서 내력을 되찾기 위해 운기조식에 들어갔다.
그 모습을 발견한 몇몇 제자들이 도군을 둘러쌌다.
그리고 그곳에서 어떻게 하든 도군을 죽이려는 자들과 그런 자들로부터 도군을 지키기 위한 이들의 싸움이 시작됐다.
그렇게 상대의 피를 뽑고, 자신의 피를 뿌리는 싸움이 해남혈검문의 무사들과 단리세가 고수들이 맞선 경계에서 끊임없이 이어졌다.

† † †

거칠 것 없던 이동이 멈춰졌다.
당황한 수뇌들이 분주하게 움직이는 와중에 마차에 타고 있던 혈황이 결국 모습을 드러냈다.
"무슨 일이오?"

사사로이는 아들의 물음에, 아니 공이직의 몸에 혈황의 기억을 가진, 정신만 진조량이니 아들이라 부르기도 애매했다.

여하간 자신을 진조량이라 말하는 혈주의 물음에 이젠 해남혈검문의 부문주라 불리는 진서랑이 고개를 숙였다.

"선발대가 멈춰 섰습니다. 이유를 알기 위해 움직이고 있으니 곧 소식이 있을 겁니다, 혈주."

"혹 다른 문파가 대응해 온 것이오?"

"합산에 이를 때까진 별달리 저항해 올 문파가 없는 것으로 알고 있습니다."

검각의 위세 때문이다. 남녕에 자리 잡고 있던 검각의 위세가 워낙 강해서 합산까진 이렇다 할 문파가 자리를 잡을 수 없었던 것이다.

거기다 최근에 단리세가가 합산에 자리를 잡으면서, 양측의 영향권이 중복된 남녕과 합산 사이의 관도에 맞닿은 도시들에선 문파의 설립은 고사하고 해당 지역을 지나가려는 강호인들조차 드물었다.

그 길을 거슬러 오르고 있었으니 막아서는 문파가 나올 순 없었다.

"하지만 이건… 전의로군. 싸움이오."

멀리 북쪽을 바라보는 혈주의 말에 진서랑이 물었다.

"정말… 입니까?"

"그렇소. 느껴지는 것이 너무 약해서 얼마 전까진 긴가민가했는데, 지금은 확실하구려. 아무래도 길을 막아선 적도들의 수가 늘어난 모양이오."

혈주의 답에 표정이 굳은 진서랑이 주변에 있던 수뇌들을 불러들였다.

그리고 잠시 후, 일단의 고수들이 앞쪽, 그러니까 선봉이 멈춰 서 있는 북쪽으로 달려갔다.

일수섬전(一手閃電)은 초극에 이른 고수다.

대문파가 아니고서는 좀처럼 보기 어려운 초극의 고수인 그는 원래 광서의 남단 도시인 포북에 자리 잡고 있는 신검문(神劍門)의 문주였다.

물론 지금은 제자들과 함께 해남혈검문으로 투신하면서 일개 향주가 되었다지만 그의 실력까지 떨어진 것은 아니다.

그런 그가 초절정과 절정이 뒤섞인 고수 이십여 명과 함께 도착한 선두엔 목불인견의 참상이 벌어져 있었다.

더구나 그 참상은 여전히 진행 중이었다.

"저거… 단리세가 아닙니까?"

수하의 말에 일수섬전의 시선이 선두의 무사들과 한창 싸움을 벌이고 있는 상대의 가슴을 스쳤다.

단리, 두 글자가 푸른색 수실로 선명하게 수놓아져 있었다.

"빌어먹을, 아직 합산은 멀었다고 생각했는데. 본진으로 소식을 전해. 단리세가가 가로막고 있다고."

"예, 향주님."

문주가 아닌 향주란 명칭이 입에 썼지만 일수섬전은 그저 고개를 끄덕일 수밖에 없었다.

허락을 받은 무사가 뒤로 돌아 달려가는 것을 확인한 일수섬전의 시선이 다시금 전장으로 돌려졌다.

돕고자 해도 어느 쪽으로 먼저 손을 써야 하는지 알아야 했기 때문이다.

그렇게 전장을 살피던 일수섬전의 시선으로 주변을 휘감는 피 보라가 들어왔다.

"저거……."

놀라 벌어진 입을 다물 수가 없었다. 자그마치 십여 명의 고수들이 일수에 피를 뿌리며 쓰러지는 장면을 목격한 까닭이었다.

"도, 도군입니다."

과거 자신의 밑에서 장로를 지냈던 수하의 말에 일수섬전의 정신이 번쩍 들었다.

단리세가에 도군이 버티고 있다는 것은 이미 알고 있던 일이다.

문제는 그를 이렇게 빨리, 그것도 자신이 맞닥트릴 것이란 생각은 하지 못했었다는 것이다.

"어찌하시겠습니까?"

수하의 물음에 일수섬전은 나지막이 욕지거리를 내뱉었다.

"빌어먹을! 그냥 두면 전체가 무너질 거다."

"하오면……?"

"저곳을 돕는다."

"햐, 향주."

놀라는 수하에게 일수섬전이 씹어뱉듯 말했다.

"나도 가고 싶지 않아. 하지만 별수 없잖아."

선두를 구성했던 무사들의 수는 칠백이었다. 하지만 지금 남아 있는 수는 그 절반에도 못 미치고 있었다.

다시 말해 절반 이상의 해남혈검문 무사들이 단리세가 고수들의 손에 목숨을 잃었다는 뜻이다.

그런 피해를 입힌 이들의 중심에 도군이 서 있었다.

그 탓에 기존의 선두 쪽 무사들이 도군을 피하려는 게 눈에 보일 정도였다.

그렇게 되면 도군은 행동의 자유를 얻는다.

지금 같은 상황에서 도군 정도의 고수가 행동의 자유까지 얻게 되면 남는 건 선두의 전멸뿐이다. 더불어 도우러 달려온 자신들까지도.

그것을 알면서도 일수섬전의 수하들은 곧바로 달려들지 못했다. 그런 수하들에게 일수섬전이 말했다.

"잠시만 기다리면 혈주께서 달려오실 거다. 혈주께서 오시면……."

뒷말은 필요치 않았다.

그 말에 수하들의 표정에서 천천히 두려움이 밀려나는 것을 확인한 일수섬전의 명이 떨어졌다.

"쳐라!"

명과 함께 일수섬전도 달렸다. 뒤에 서서 명만 내린다고 수하들이 달려 나갈 수 있는 상황이 아니라는 것을 알기 때문이다.

그런 그의 뒤를 수하들이 따랐다.

그리고 그들은 곧바로 자신의 앞을 가로막고 있던 선두 쪽 무사의 목을 쳐 날린 도군에게 달려들었다.

일수섬전과 그 수하들이 가세하자 도군을 가둬 둔 포위망은 조금 더 단단해졌다.

하지만 그곳에서 뿜어져 나오는 피와 비명은 전혀 줄어들지 않았다.

† † †

죽기 위해 칼을 휘둘렀다.

적은 언뜻 보아도 자신들의 두 배, 혈교란 이름을 감안하면 결코 살아남을 수 없었다.

하지만 결과는 자신들의 예상과 전혀 달랐다.

두 배가 넘는 적은 이제 채 몇밖에 남지 않았다.

반면 삼백 정도의 단리세가 고수들 중에서 쓰러진 이들은 백여 명에도 못 미쳤다.

이백이 넘는 고수들이 멀쩡히 살아 있었던 것이다.

그들도 지금의 결과를 믿을 수 없었던지 어리둥절한 표정들이었다.

하지만 그 어리둥절한 표정은 곧바로 환희로 바뀌었다.

함성을 지르진 않았지만 그들의 기쁨은 그저 바라보는 것만으로도 확연히 느낄 수 있었다.

그런 세가의 고수들을 바라보던 단리격이 숨을 고르고 있는 도군의 곁으로 다가섰다.

"이… 긴 듯합니다."

자신이 말하고도 믿기 어려운 듯한 단리격에게 도군이 낮은 음성으로 말했다.

"아직… 은 아니다."

이상할 정도로 굳어 있는 도군의 음성에 그의 시선을 따라 고개를 돌리던 단리격은 전방의 언덕 위로 새카맣게 모습을 드러내는 이들을 발견할 수 있었다.

새로운 적, 아니 지원 세력이다.

단리격이 차갑게 굳어진 표정으로 도를 움켜쥐었다.

그처럼 남아 있던 단리세가의 고수들도 도를 움켜쥐고 열을 맞춰 늘어섰다.
 그들의 얼굴에서 조금 전의 짧은 환희는 더 이상 보이지 않았다.

 느긋하게 움직이는 혈주를 따라 선두가 한창 전투 중이라던 곳에 도착한 백천은 거의 전멸당한 채 간간이 남아 버티고 있는 해남혈검문의 무사들을 볼 수 있었다.
 그렇게 남은 수는 겨우 십수 명.
 그들조차 각기 수십 명의 단리세가 고수들에 둘러싸여 언제 죽을지 알 수 없었다.
 그런 상황에서 단리세가의 고수들이 열을 맞추고 늘어섰다. 언덕 위에 올라선 자신들을 발견한 모양이었다.
 "어찌하오을지?"
 백천의 물음에 혈주의 짧은 명이 내려졌다.
 "혈세."
 피로 씻어라.
 혈교를 나타내는 그 전율스럽도록 짧은 명에 백천의 고개가 숙여졌다.
 "명!"
 복명한 백천이 고개를 돌려 주위로 늘어선 해남혈검문의 무사들에게 명했다.
 "혈주께서 피로 씻으라신다!"

"명!"

우렁찬 복명이 터져 나오고 이내 천여 명에 이르는 해남혈검문 무사들이 언덕을 달려 내려갔다.

양측의 거리가 급속도로 좁아지고…

쾅! 우적-

수십 가지의 충돌음 속에서 피가 튀었다.

달려 내려온 해남혈검문의 무사들과 기다렸던 단리세가 고수들의 피가 뒤섞였다.

팔이 날아가고. 다리가 꺾이고, 배에 창이 들어박힌 이들이 피맺힌 이를 악물고 적을 베어 넘기기 위해 악을 썼다.

싸움은 승자가 패자의 목을 깨끗하게 베어 내는 일대일이 아니다.

죽을 때까지 적을 베고, 그렇게 악을 써 대는 적의 칼날 아래 죽어 가는 전쟁이었다.

언제나 그렇지만 전쟁은 수가 많은 쪽이 유리하다. 물론 어느 쪽이 더 정예화되어 있는가도 무시할 수 없다.

그 극명한 결과가 바로 직전에 벌어졌던 해남혈검문 선두 무사들과 단리세가 고수들 간의 싸움이었다.

하지만 단리세가의 입장에선 불행하게도 이번에 상대하는 이들은 과거 검각과 해남검문이라 불렸던 곳의 고수들이었다. 개개인의 실력이 엇비슷한 상황에서 수가 적다는 것은 치명적이었다.

도처에서 피를 뿌리며 쓰러지는 이들의 대다수가 단리세가의 고수들이었다.

해남혈검문은 정신없이 몰아쳤고, 단리세가는 피와 죽음으로 그에 맞섰다.

그 속에서 보여 주는 도군의 움직임은 단연 발군이었다.

직선으로 움직이는 도의 궤적 안에서 피가 뿌려지며 해남혈검문의 무사 여섯의 목이 동시에 떠올랐다.

그들의 목이 허공에 머무는 그 찰나에 직선에서 곡선으로 바뀐 도군의 움직임에 뒤를 점하고 있던 해남혈검문의 무사 셋이 휘말렸다.

허리 어림에서 양분되어 쓰러지는 해남혈검문의 무사 셋이 뿌린 피를 밟고 움직이는 도군을 바라보던 혈주가 물었다.

"제법이로군. 누군가?"

혈주의 시선이 누구를 향해 있는지 살핀 백천이 답했다.

"도군입니다."

"십대고수라던?"

"예, 혈주."

"허명은 아니었던 모양이로군. 그대가 상대할 수 있나?"

혈주의 물음에 백천이 고개를 조아렸다.

"송구합니다."

백천의 답이 무엇을 뜻하는지 혈주는 어렵지 않게 알아들었다. 고개를 끄덕인 그가 천천히 걸음을 옮겼다.
"직접… 상대하실 생각이십니까?"
백천의 물음에 걸음을 멈춘 혈주가 돌아보았다.
"아니면 달리 방법이 있나?"
"아닙니다."
난감한 표정으로 고개를 숙이는 백천을 바라보며 희미하게 웃은 혈주가 다시 움직였다.
그가 움직이자 마지막까지 자리를 지키고 있던 백천과 몇몇 수뇌들도 전장으로 향했다.
주군이 손에 피를 묻히는데 수하들이 뒤에서 놀고 있을 수 없었던 까닭이다.

자신의 주변을 도륙하던 도군은 자신을 향해 다가오는 숨막히는 기세에 도를 거둬들였다.
그로 인해 정신없이 밀리던 그 주변의 해남혈검문 무사들은 한숨을 돌릴 수 있었다. 그런 이들의 귀로 짧은 명이 들려왔다.
"비켜라!"
그 명령을 내린 상대가 누군지 고개를 돌려 확인한 해남혈검문 무사들이 일제히 물러났다.
수하들이 물러난 자리로 들어서는 이를 지켜보던 도군은 칼을 움켜쥔 손으로 저절로 힘이 들어가는 것을 느꼈다. 자신의 이상, 아니 그 너머의 존재라는 느낌이 강하게 들었기 때문이다.

그런 이라면 혈교에선 한 명뿐이었다.

"혈… 교의 주인인가?"

도군의 물음에 혈주의 작은 입가에 미소가 깃들었다.

"칼을 거둔다면 그대의 주인이 될지도 모르지."

한마디로 칼을 꺾고 수하로 들어오란 말이다. 그 말에 도군이 고개를 저었다.

"있을 수 없는 일이다."

"왜지? 듣기로 이미 주인을 모셨다니 자존심은 아닐 테고?"

"주인?"

"진마벽가에 고개를 숙였다고 들었네만."

상대가 무엇을 말하는지 알아들은 도군이 씁쓸한 표정으로 말했다.

"상대의 패권을 인정한 적은 있어도 주인으로 모신 적은 없다."

"그게 다른가?"

"다르다."

단호한 도군의 답에 잠시 생각하던 혈주가 말했다.

"그럼 내 패권을 인정하는 건 어떤가?"

"나보고 혈교의 패권을 인정하란 말인가?"

"혈교… 과거의 이름이로군. 지금은 해남혈검문이라 부른다네."

"이름이 다르다고 혈교의 잔혹성이 사라진다고 보진 않아!"

"잔혹이라… 하긴 과거엔 조금 잔혹하긴 했지. 하지만 지금은 아니질 않나?"

"뭐가 아니란 거지?"

"그대와 이렇게 대화를 나누고 있네. 칼이 아니라 말로 말이야. 뭔가 다르다는 걸 모르겠나?"

혈주의 말에 도군의 표정에 당혹감이 들어섰지만 그건 찰나에 불과할 뿐이었다.

"궤변에 감언이설이로구나."

"궤변과 감언이설이라……? 어디를 그렇게 느꼈는지 모르겠군."

턱을 긁적이며 고개를 갸웃거리는 혈주를 바라보는 도군의 눈이 작게 흔들렸다.

지금 눈앞에 서 있는 이와 기록에 남겨진 혈교의 주인과는 무언가 묘하게 어긋나고 있었던 까닭이다.

그래서 던져 보았다. 어쩌면 후회할지도 모를 말을.

"정말 혈교의 패권을 인정하면 살려 두겠단 말인가?"

"해남혈검문이라니까."

"어쨌든."

실수를 지적하는 자신에게 다소 짜증을 내는 도군을 바라보며 작게 웃은 혈주가 손을 들었다.
"멈춰라!"
 혈주의 명에 차츰 싸움이 그쳐 갔다.
 인정사정없이 몰아붙이던 이들이 물러서니 고전 중이던 단리세가의 고수들도 숨을 몰아쉬며 뒤로 물러선 것이다.
 그렇게 완전히 싸움이 멈추자 혈주가 도군을 바라보며 말했다.
"패권을 인정한다면… 건드릴 이유가 없다. 백성 없는 황제가 소용없듯, 강호인 없는 강호일통도 소용없는 일일 테니까."
 혈주의 말에 도군의 눈은 아까보다 더 크게 흔들렸다. 유혹을 느낀 탓이다.
 살 수 있는 길을, 세가의 고수들을, 가족들을 살릴 수 있는 길을 발견한 것이다.
"저, 정말인가?"
"이 순간에 헛소리를 해 댈 만큼 내가 멍청해 보이나?"
"그건 아니요."
 도군의 말투가 바뀌었다. 차고 날카로웠던 어투의 뒤가 부드러워졌다.
 그것을 느낀 백천의 눈에 알 수 없는 희망이 들어서는 찰나, 모두에게 찬물을 끼얹는 음성이 들려왔다.

"단리는 의리를 저버리지 않소."

사람들의 시선이 천천히 다가오는 단리격에게 쏠렸다.

"누구지?"

혈주의 물음에 단리격이 답했다.

"단리세가의 가주요."

"흠… 이 일의 결정권이 그대에게 있나?"

혈주의 물음에 도군과 단리격의 시선이 부딪쳤다.

그리고 도군이 슬쩍 뒤로 한 발 물러났다. 그것으로 명백해졌지만 단리격은 단호한 음성으로 답을 붙였다.

"그렇소."

그 답에 혈주가 물었다.

"음성에 깔린 느낌은… 거절이로군."

"당연한 소리!"

"왜 당연한 거지?"

"여인에게 이부종사(二夫從事)가 수치이듯이 단리도 마찬가지요. 세의 불리에 따라 말을 갈아탄다고 해서야 어찌 의리를 논하겠소."

단호한 음성의 단리격을 만류하기 위해 내뻗으려던 도군의 손이 잠시 들썩이다 멈춰졌다.

아직 살아남은 단리세가 고수들의 눈 속에서 살아 있는 의지를 읽은 까닭이었다.

그들은 비겁한 생존보다는 떳떳한 죽음을 원하고 있었다.

하긴 살고 싶은 이들이 자신을 구하겠다고 달려올 리 없었다.

그것이 도군으로 하여금 단리격을 만류하지 않게 만든 원인이었다.

"그렇다면 할 수 없지."

허무할 정도로 쉽게 물러선 혈주의 시선이 도군에게 돌려졌다.

"그대의 생각은?"

"무슨… 소리지?"

"애초에 내가 원한 건 그대였다. 나는 그대 정도의 고수가 필요하다."

혈주의 말을 듣고서야 백천은 단리세가의 고수들을 바라보며 피로 씻으라던 혈주가 왜 마음을 돌렸는지 그 이유를 알 수 있었다.

그 탓에 자신도 모르게 고개를 끄덕이는 백천의 시선을 받으며 도군은 피식 웃었다.

"내가 여기 서 있는 것은 단리세가를 지키기 위함이오. 그들과 따로 떨어진 나는 존재할 필요가 없소."

도군의 말에 그를 지그시 바라보던 혈주가 말했다.

"아쉽지만 어쩔 수 없겠지. 원하는 대로 해 주지."

스르르릉—

차가운 금속성을 이끌고 검이 모습을 드러냈다.

혈교의 뒤를 이었음을 증명하듯 피처럼 붉은 검신을 가진 검이었다.

상대가 검을 뽑아 들자 단리격을 뒤로 물린 도군이 앞으로 나서며 도를 뽑아 들었다.

둘의 대치는 그다지 길지 않았다.

숨을 두어 번 내쉴 만한 시간이 지나는 순간 도군이 땅을 박차며 쏘아졌다.

그 순간…

쑤아아악-

무시무시한 기세가 뿜어지며 도군의 도에서 일 장에 달하는 도강이 불길처럼 일어섰다.

그 탓에 공간과 혈주를 통째로 베어 가는 도군의 도는 마치 채찍 같아 보였다.

그에 맞선 혈주는 그저 들고 있던 검을 뻗어 냈을 뿐이다.

순간, 혈주의 어깨에서 시작된 붉은빛이 그의 팔을 물들이고 검을 지나 쏘아졌다.

퍽-

도를 휘둘러 가던 도군의 신형이 허공에서 펄쩍 뛰었다. 그리고 그의 등을 뚫고 붉은빛이 튀쳐나왔다.

푸확-

어른 주먹만 한 크기로 등을 뚫고 나간 핏빛에 떠밀리듯 허공에 있던 도군의 신형이 뒤로 튕겨 나갔다.

"아, 아버님!"

놀란 단리격이 떨어져 내리는 도군을 받아 냈다.

쿨럭-

단리격의 품에 안긴 도군의 입에서 다량의 피가 쏟아졌다.

"아버님!"

"괘, 괜찮다."

전혀 괜찮아 보이지 않는 모습으로 그리 말한 도군이 힘겹게 일어섰다.

비척거리는 그를 부축하려는 단리격의 손을 도군이 부드럽게 뿌리쳤다. 그리고 단리격에게만 들릴 정도로 작게 말했다.

"해가 피에 가려지거든 머뭇거리지 말거라."

알아듣지 못할 말을 남긴 도군이 다시 도를 들고 혈주의 앞에 섰다. 그리고 이를 악물었다.

"단리는 그냥 죽지 않아!"

어디서 난 힘인지 모르게 고함을 지른 도군이 달렸다. 땅을 박차고 날아오른 그의 신형이 빛살보다 빨랐다.

그런 도군을 물끄러미 바라보던 혈주의 검이 작게 움직였다.

스걱-

날아가는 모습 그대로 공간과 몸이 어긋났다. 그리고 애도와 함께 반으로 잘린 도군의 신형에서 피가 뿌려지며 해를 가렸다.

 순간 정신이 번쩍 든 단리격의 신형이 피에 가려진 태양 속으로 쏘아졌다.

 도군의 죽음에 눈이 팔린 사람들이 미처 알아차리지 못할 정도로 조용하고 빠른 움직임이었다.

 그렇게 도군이 뿌려 놓은 피 보라가 걷히며 태양이 드러났다. 그 순간 태양 안에서 불쑥 도가 튀어나왔다.

 스가가가각-

 흠칫 놀란 혈주의 검이 독사처럼 기민하게 움직였지만 단리격의 도를 막아 내기엔 반 촌가량 모자랐다.

 절체절명의 순간, 혈주의 왼손이 움직였다.

 딱! 퍽!

 두 개의 음향과 함께 사람들의 눈이 휘둥그레졌다. 단리격과 혈주의 몸이 붙어 있었기 때문이다.

 결과에 사람들의 시선이 쏠린 그 순간 두 사람이 천천히 일어섰다.

 주르륵-

 피가 흘렀다. 사람들의 시선이 흐르는 피를 따라 움직였다.

 "흐음······."

 단리세가 고수들의 입에서 침음성이 흘렀다.

 그들이 바라보는 단리격의 등에서 피처럼 붉게 빛나던 혈주의 팔이 천천히 빠져나갔다.

 털썩-

 스스로의 힘으로 일어섰던 것이 아닌지 혈주의 팔이 빠져나간 단리격의 몸은 힘없이 무너졌다.

 모든 이들의 시선이 무릎을 꿇은 형태로 주저앉은 단리격에게 모여졌다.

 하지만 정작 당사자인 단리격은 중간에서 부러져 나간 자신의 애도를 내려다보고 있었다.

 그렇게 부러진 애도의 반쪽이 반 장 정도 떨어진 땅에 박혀 있었다.

 그 칼날을 바라보는 단리격의 입가로 웃음이 새어 나왔다. 그런 단리격을 내려다보던 혈주의 검이 움직였다.

 스걱-

 '늦어도 신시……. 이제… 안전해.'

 잘려 나간 단리격의 머리가 잠깐 동안 생각한 것이었다.

 땅에 떨어져 구르는 동안에도 단리격의 시선은 반쪽짜리 칼날이 드리운 그림자를 향하고 있었다.

제93장
머뭇거림이 화를 부르다

 잠시간의 정적. 그 정적을 가장 먼저 깨트린 것은 백천이었다.
 "괜찮으십니까?"
 백천의 물음에 혈주는 신경질적으로 반응했다.
 "괜찮아!"
 "저들은 어찌하올지?"
 백천의 물음에, 믿기지 않는다는 시선으로 두 동강이 난 도군과 잘려 나간 단리격의 머리를 바라보고 서 있는 단리세가의 고수들을 일별한 혈주가 싸늘하게 답했다.
 "모두 죽여라!"
 혈주의 명이 떨어지고 백천의 고개가 끄덕여지자 그를 주시하고 있던 해남혈검문의 고수들이 아직 제대로 정신을 차리지 못하고 있던 단리세가의 고수들에게 달려들었다.

이내 사방에서 다시금 비명이 터져 나오고 피가 튀었다.

그 모습이 보기 싫은 양 몸을 돌려 언덕 쪽으로 올라가는 혈주의 등을 백천이 불안한 표정으로 바라보았다.

그는 분명히 보았던 것이다. 날카롭게 찢긴 옆구리에서 피가 흐르는 것을.

금강불괴라 기록된 과거의 혈황이었다면 결코 있을 수 없는 현상이었다.

그 시간, 단리세가의 피난민을 맞은 진마벽가는 어수선하기 그지없었다.

"피해야 합니다."

"가주께서 계시지 않습니다, 팽 전주."

"그렇기 때문에 더 떠나야 하는 것입니다."

팽렬의 말에 벽갈평이 고개를 저었다.

"세가를 적에게 내주자는 말입니까? 우린 세가를 지키라는 명을 받았습니다."

"지키라는 것이 이 장원은 아닐 것입니다."

"무슨 소립니까?"

"가주께선 세가의 가솔들을 지키라고 하신 것이지, 세가의 장원 따위를 지키라 명한 것이 아닐 거란 말입니다."

"그, 그거야……."

벽갈평은 반론을 제기할 수 없었다. 그렇다고 장원을 버릴 수도 없었다.

그 탓에 벽갈평은 여전히 미련을 버리지 못하며 다시 말을 이었다.

"놈들이 혈교라는 것이 확실한 건 아니지 않습니까?"

"확실해지면 늦습니다."

오랜 역사를 가진 강호의 무문들은 지난 세월의 모든 기록을 가지고 있었다.

삼백 년 전에 일어났던 혈교의 난에 관한 것도 마찬가지다.

그 기록을 읽고, 교육받았던 팽렬이 갖는 위기감과 그저 강호의 옛이야기로만 접해 보았던 벽갈평의 위기감이 같지 않기에 벌어지는 차이였다.

"그들은 다수가 한꺼번에 움직일 터, 정찰을 나갈 우리 무사들보다 빠르진 않을 거라고 믿습니다."

"빠릅니다."

"무엇을 근거로 그리 말씀하십니까?"

"그들의 혈해풍이 그대로라면… 그들의 이동 속도는 세상 그 어떤 이들보다 빠를 겁니다."

천하제일로 거론되는 경공은 수십 가지도 넘는다. 각 파마다 비전 경신법을 가지고 있는 까닭이다.

효능이 제각각인지라 어떤 것이 최고라고는 말할 수 없었지만, 단지 속도로만 따지자면 사람들은 개방의 취팔선보(醉八仙步)를 제일로 치는 데 이견이 없다.

경공보다는 보법에 더 많은 점수를 주는 이들이 많지만 취팔선보는 한걸음에 천리를 간다는 신선들의 걸음을 본떴다고 전해질 만큼 속도가 뛰어났다.

오죽하면 취팔선보를 익힌 개방의 방도가 전서구보다 빠르다는 말이 있을 정도였다.

실제로 개방이 천하제일 정보 문파로 이름을 드높이는 것엔 바로 그 취팔선보의 속도가 한몫했음을 부정할 수 없었다.

하지만 방금 거론된 혈교의 혈해풍(血海風)이 세상에 나오면서 사람들의 평가는 뒤집어졌다.

천하제일 쾌의 경공은 혈해풍이라는 것을 부정할 수 없었던 것이다.

혈교의 난 때 소식을 듣고 뛴 개방의 방도들은 언제나 불타오르는 도착지의 모습을 봐야만 했다.

그것은 취팔선보를 펼쳐 달리는 개방의 방도보다 혈해풍으로 달려온 혈교 고수들의 이동 속도가 더 빨랐기 때문이다.

팽렬은 지금 그것을 말하고 있었다.

팽렬만큼은 아닐지라도 벽사흔 또한 혈교의 이야기는 많

이 알고 있었다. 그리고 그 속엔 혈해풍에 관한 것도 포함되어 있었다.

"정말 혈교라면 그렇겠지만……."

"그래서 정말 혈교라면 우리에겐 기회가 없다는 것입니다. 하니 지금 떠나야 합니다."

팽렬의 말에도 불구하고 선뜻 결정을 내리지 못하는 벽갈평을 바라보던 단리세가의 총관이 조심스럽게 말했다.

"객이 이런 말씀을 드리는 것이 예는 아니겠습니다만… 태상가주께선 무조건 무당이나 그 북쪽, 팽가로 피하라 하셨습니다."

총관의 말에 벽갈평이 자신의 희망을 담아 말했다.

"혈교가 아닐 수도 있질 않겠소? 괜한 방정이었다면 우리들의 섣부른 판단으로 인해 가주들께서 강호의 웃음거리가 되실 수도 있음이오."

"혈교가 아니었다면… 태상가주님과 가주님께선 벌써 돌아오셨을 겁니다."

서둘렀다고는 하나 수레와 마차였다. 상대의 정체를 확인하고 뒤돌아섰다면 경공을 사용하는 고수들이 따라잡지 못했을 거리가 아닌 것이다.

총관의 말에 비로소 벽갈평의 얼굴이 굳었다.

단리세가의 태상가주인 도군이 막지 못한 이들이라면 그들이 정말 혈교가 아닐지라도 가주가 자리를 비운 진마벽가는 막아 낼 수 없었다.

 벽갈평의 표정에서 흔들림을 발견한 팽렬이 그를 더 흔들었다.

 "이렇게 머뭇거리는 시간만큼 위험이 늘어간단 말입니다. 그리고 그 위험은 곧바로 세가 가솔들의 안위와 직결될 것입니다."

 다급함이 가득한 팽렬의 말에 벽갈평의 마음이 흔들렸다.

 "팽 전주께서 그렇게까지 말씀하신다면……."

 결국 벽갈평의 동의가 떨어졌다. 이내 세가 전체가 부산스러워졌다.

 다행히 장가계를 여행할 때 썼던 수레와 마차가 그대로 있었다.

 그것들에 사람과 몇 가지 식량을 실은 진마벽가의 가솔들은 진마벽가에 도착한 이래로 수레에 탄 채 세가의 정문 밖에서 기다리던 단리세가의 가솔들과 함께 북상하기 시작했다.

 그런 이들을 진마벽가의 무사들이 철저히 보호하며 이동했다.

 그렇게 이동하는 진마벽가에서 전서구들이 날아올랐다.

† † †

해남혈검문이 도군을 비롯한 단리세가의 결사대를 전멸시키고 합산에 도착해 비어 있던 단리세가를 불태우던 시기에 벽사흔은 여전히 전양에 머물고 있었다.

"무슨 생각을 그렇게 골똘히 해?"

송찬의 물음에 먼 곳을 바라보고 서 있던 벽사흔이 돌아섰다.

"그냥… 뭔가 찜찜해서."

"찜찜하다니?"

"그냥 설명하기 어려운 느낌이야. 이건 마치……"

과거 그가 군문에 있을 때 멀리 우회해 뒤로 돌아온 달단군의 기습 직전에 느꼈던 것과 비슷했다.

하지만 그걸 송찬에게 설명하긴 쉬운 일이 아니었다. 결국 벽사흔은 고개를 젓고 말았다.

"아니다. 그냥 머리가 복잡했을 뿐이다."

"이곳에 너무 오래 처박혀 있어서 그래."

너무 오래라 말하지만 실제론 겨우 사흘뿐이었다.

물론 검각으로 가던 이유의 화급함을 생각한다면 분명 시간을 너무 지체하고 있는 것은 사실이었지만 말이다.

"그래도 아직 하루 이틀은 더 있어야 할 거다."

"이곳의 문주나 무사들이 자리를 털고 일어나자면 그렇겠지만… 괜찮을까?"

"뭐가?"

"검각 말이다."

"우리가 이곳에 있는 걸 알고 있을 테니 섣불리 움직이진 않을 거다."

"그 반대일 수도 있어."

송찬의 말에 벽사흔이 고개를 끄덕였다.

"물론 그럴 수도 있겠지. 하지만 검각이 진마벽가를 치기는 쉽지 않을 거다."

"왜 그렇게 생각하는데?"

"중간에 단리세가가 있으니까."

남녕에서 계림으로 가자면 중간에 단리세가가 자리를 잡은 합산을 거쳐야 한다.

물론 돌아간다면 못할 것도 없겠지만 강호의 생리상 그러긴 쉽지 않았다.

"도군을 믿는 거야?"

"도군도 그렇지만 단리세가의 가주를 믿어. 그는 배신과 친해질 사람이 아니니까."

"지난 일을 돌이켜 보면 그렇긴 하겠지만……. 한데 그런 생각을 가지고 있으면서 왜 애들한텐 저들이 세가를 칠지도 모른다고 말한 거야?"

송찬의 물음에 벽사흔이 슬며시 웃으며 답했다.

"아니었으면 그렇게 남지 않았을 거다."

"그렇긴 하지만… 어차피 검각을 손볼 생각이라면 애들을 데리고 가는 것도 나쁘지 않잖아."

"아니, 난 전쟁을 하러 가는 게 아니라 징치를 하러 가는 거야."

"둘의 차이가 있나?"

"멸문과 존치의 차이라고나 할까?"

그 답에 송찬은 조금은 놀란 눈으로 벽사흔을 바라보며 물었다.

"정말 끝장낼 생각도 있었던 거야?"

"처음엔……."

"근데 왜 바뀐 건데?"

"그냥… 저들도 저들 나름대로의 이유가 있겠지 싶었다. 그런 생각이 들고 나니 적어도 이야기는 들어 봐야겠다는 생각이 들었고."

"그래서 타당하면 봐주고?"

"아무리 타당해도 그냥 봐줄 순 없지. 이미 내게 칼을 들이민 놈들인데."

"그럼 어쩌려고?"

송찬의 물음에 벽사흔의 차가운 음성이 이어졌다.

"아마도 강도 높은 경고 정도가 될 거다."

강호에서 경고는 피를 의미했다.

"누구? 각주?"

"그건 불가능하지. 주인의 목을 날려 버리면 문파가 제대로 서지 못할 테니까."

"그럼 누굴 생각하는데?"

"장로들 정도는 정리를 해야 문제의 심각성을 알아듣겠지."

"장로들만으로 끝내려고?"

"이유가 타당하다면."

벽사흔의 말대로라면 세가의 무사들을 동반하지 않은 것이 옳았다.

자신들과 함께 온 벽구작과 송덕생, 그리고 고록의 실력을 보니 확실히 그냥 경고만 하고 멈춰 서기엔 너무 강했다.

"그러고 보니 생각난 건데, 애들 많이 늘었더라."

"애들만이라고 생각하나 보지?"

"무슨 소리야?"

"……"

송찬의 물음에 벽사흔은 답은 않고 의미심장한 미소를 지은 채 그를 물끄러미 바라보기만 했다.

그런 벽사흔의 행동에 의아해하던 송찬의 눈이 커졌다.

"설마… 내 실력도 늘었다고 말하는 거냐?"

웃기지 말라는 표정으로 물어 오는 송찬에게 벽사흔이 말했다.

"그럼 달리 묻지. 팽 실력이 늘었게, 안 늘었게?"

"그야 늘었지. 만날 밥 처먹고 하는 일이 연무인데 안 늘면 그게 더 이상할 거다."

"그럼 팽하고 붙으면 넌 어떨 거 같아?"

"정면이라면 여전히 어렵지."

"네 특기를 살리면?"

"그야……."

답하기 어려웠다. 제대로 된 살행이라면 성공할 듯도 했고, 팽렬이 막아 낼 것 같기도 했다.

"명확한 답이 안 나오지?"

"그러네."

뒷머리를 긁적이는 송찬에게 벽사흔이 물었다.

"예전엔 어땠는데?"

"뭐, 예전에도 그랬……."

말이 흐려졌다. 예전에도 답을 쉽게 내릴 수 없는 상대였다.

하지만 그동안 팽렬은 무서운 속도로 실력을 늘려 갔다.

자신이 쉽게 인정할 정도로. 그런데도 여전히 답이 나오지 않는다는 것은…….

"이제 알겠냐? 밥 먹고 연무만 한 건 네 녀석도 다르지 않아. 물론 최근엔 마누라 치마폭에서 헤어 나오지 못하고 있긴 하지만."

비로소 벽사흔의 말을 이해한 송찬이 머뭇거리며 물었다.

"어느 정도나 될 것 같으냐?"

"뭐가?"

"내 경지?"

"아! 글쎄… 나야 그런 걸 잘 구별하지 못하니 정확하진 않겠지만, 네가 마음만 먹으면 매화검작 정도는 어찌해 볼 수 있지 않을까 싶더라."

벽사흔의 말에 송찬의 눈이 커졌다.

십대고수니 뭐니 하는 칭호를 떠나서 매화검작은 누구나 인정하는 화경의 고수다.

일반적인 강호의 잣대로 재어도 초극의 극의 다섯이 모여야 겨우 평수를 이룰 수 있다는 초인인 것이다.

그런 사람을 도모할 수 있다는 말은…

"내가… 초극이라고?"

일반적으로 자객이 살행으로 도모할 수 있는 한계가 바로 두 단계 윗줄의 고수까지이기 때문이다.

그렇게 보면 화경은 초극의 두 단계 위의 경지였다.

"그런 건 잘 모른다고 했잖아. 그냥 내가 받는 느낌이 그렇다는 말이야. 그러니 틀렸을 수도 있고."

불확실하다고 말하지만 송찬은 안다.

생사박투의 능력을 재는 것이라면 벽사흔의 느낌이 그 어떤 강호 고수의 기감보다 뛰어나다는 것을 말이다.

생각이 그에 이르자 송찬의 가슴이 뛰었다.

살수 무공으로 초극에 오른다는 건 정통 무술로 화경에 오르는 것만큼 어렵다.

  그 탓에 진시황 시절의 형가로부터 시작된 천육백 년 자객들의 역사에서 초극 이상에 올라선 자객의 수는 아직 다섯 손가락조차 채우지 못하고 있었다.

  그런 경지에 자신이 올랐다는 생각만으로 송찬은 벅찬 감격에 몸을 떨어야 했다.

  그렇다고 팔팔 뛰고 좋아하는 모습을 보일 수도 없었다.

  자신의 눈앞에 서 있는 친우의 능력에서 보자면 자신은 여전히 까마득한 아래에 불과했기 때문이다.

  그렇게 감격을 누르자 생각지 못한 것이 떠올랐다.

  "그럼 팽렬이……?"

  "아직 제 놈은 모르는 것 같다만, 조금만 더 가다듬으면 그놈도 초인 소리를 들을 거다."

  "가만… 그럼 벽라는? 팽렬이 요사이 이기는 게 힘들다고 말하던데?"

  "아직은……. 한 일이 년 더 고생해야 할 거야."

  그 말은 벽라가 초극의 극의에 달했다는 뜻이었다.

  하지만 이해가 되지 않았다.

  얼마 전에 있었던 세가 경합에선 분명 초극이라고 평가를 받았었기 때문이다.

  그리고 그걸 평가한 사람이 바로 벽사흔이었고.

  "말이 안 맞잖아?"

"무슨 말이 안 맞는다는 거야?"

"두 달 전에 있었던 세가 경합에선 네가 분명 초극이라고 말했었다고."

"그거야 경합에서 보여 준 실력은 그것뿐이었으니까."

"그럼 두 달 만에 다시 경지를 뛰어넘었다는 거야?"

"그럴 수도 있지만, 그건 아니야."

다른 사람들은 그럴 수도 있다는 말부터 이의를 제기해야 한다고 생각하겠지만 송찬은 그럴 수 없었다.

정말로 두 달, 아니 가장 짧은 놈은 십여 일 만에 또 하나의 경지를 뛰어넘은 적이 있었다.

그게 다른 이도 아니고 자신의 후배들인 취수전 놈이니 그런 일이 일어날 수 없다는 말은 입에 담을 수 없었던 것이다.

그래도 궁금증은 남는다.

"그럼?"

"이전부터 초극의 극의였어. 내 기억이 정확하다면 아마 여섯 달쯤 전일걸?"

"그런데 왜 경합에선 겨우 초극의 능력만 보인 건데?"

"그걸 내가 어찌 알아?"

"그걸 알았다면 물어봤어야지? 아니, 그러지 못하게 했어야 하는 거 아니야?"

"왜?"

"왜라니, 실력을 숨기는 거잖아?"

"뭐, 나쁜 의도는 아닌 듯하니까 굳이 뭐라 그럴 것도 없고, 또 그놈만 그런 것도 아니니 그놈한테만 뭐라 그러기도 우습잖아."

"그 말은… 다른 놈들도 그런단 말이야?"

놀라는 송찬에게 벽사흔이 어깨를 으쓱해 보였다.

"거의 다 그렇지. 안 그런 놈들은 너를 포함해서 한 대여섯 정도?"

그 말은 세가의 거의 모든 무사들이 자신의 진실된 실력을 숨기고 있다는 뜻이다.

한데 도대체 왜?

"무슨 이유로?"

송찬의 물음에 벽사흔이 심드렁하니 답했다.

"자신의 늘어난 실력을 자신조차 믿지 못하는 놈부터 시작해서, 다른 사람에게 따라잡히는 것을 두려워하는 놈까지. 여하간 이유야 가지각색이지만 대체로 나쁜 의도는 없어 보여. 요즘 돌아가는 걸 보면 한 단계 발전해야 그 밑의 경지를 인정받는 분위기야. 그런 분위기에 휩쓸린 놈들도 적지 않고. 그러니 대충 겉으로 드러난 능력보다 한 단계씩 위라고 보면 되겠지."

그 말에 벌어진 입을 다물지 못하는 송찬이었다.

진마벽가 무사들의 평균 경지는 상승의 일류다. 대략 보유 무사들의 절반 이상이 상승의 일류이거나 그 이상이란 소리였다.

 가장 처지는 놈이 과거 벽구작 밑에 있다 들어온 흑도 출신의 백랑무관 관도인데, 그자의 경지가 이류다.

 한데 벽사흔의 말대로 실제로 그보다 한 단계 위가 본 실력이라면 그놈의 실력이 일류라는 뜻이었다.

 가장 실력이 처지는 놈의 경지가 일류라……. 세상에 그런 무문이 있다는 소리는 들어 본 적도 없다.

 아니, 아니, 그놈이 문제가 아니다.

 벽사흔의 말을 곧이곧대로 들으면 진마벽가 무사들의 평균 경지도 한 단계 높아져야 한다.

 상승의 일류가 아니라 절정으로 말이다.

 그 생각이 들자 송찬의 눈은 더 이상 커질 수 없을 정도로 크게 벌어졌다. 그 생각 안에 든 의미 때문이었다.

 단일 문파로는 천하 최강이라 불리는 마교가 보유한 절정 이상의 고수가 삼백가량이라고 알려져 있었다.

 한데 칠백에 약간 모자라는, 아니 정확히는 육백여든두 명의 무사를 거느린 벽가의 평균 경지가 절정이다.

 그걸 앞의 이야기에 대입하면 그 수의 절반 이상이 절정이거나 그 이상이란 뜻이 된다.

 세상에, 삼백이 넘는 절정 또는 그 이상의 고수를 보유한 문파라니…….

다시 말해, 절정 이상의 전력만 놓고 본다면 진마벽가가 천하 최강이라 불리는 마교와 비슷하거나 우위의 전력을 보유하고 있다는 의미였다.

"그, 그 말을 믿으라고?"

"믿기 싫음 말든가."

심드렁한 벽사흔의 대꾸에 송찬은 다시 물을 수밖에 없었다.

"저, 정말인 거야?"

"내가 너한테 거짓말해서 얻는 게 뭐라고?"

"그야… 없지."

스스로 답하면서 송찬은 다시 한 번 놀랐다.

기절할 만큼 놀랐는데, 정작 세가의 무사들을 떠올리니 쉽게 수긍하게 되는 자신의 모습을 발견한 까닭이었다.

"빌어먹을. 그럼 뭐야? 우리가 자리를 비워도 검각의 공격을 걱정할 정돈 아니라는 거잖아!"

"걱정해야지."

"왜? 그 정도면 검각이 아니라 검각 할아비가 와도 어쩌지 못해."

"우린 그렇지만 검각은 아니잖아."

"뭐?"

"애들이 흥분하면 우린 검각을 몰살시킨 살인마가 된다는 소리야."

그제야 벽사흔이 하는 말을 알아들은 송찬이 동그랗게 뜬 눈으로 물었다.

"그러면 너……?"

"뭐, 사람 잘 죽이는 곳으로 소문나서 좋을 건 없잖아?"

벽사흔의 반문에 송찬은 할 말을 잃고 말았다.

하긴 광서 북부 무림 회의 혈사 이후 가뜩이나 잔혹하다고 소문난 진마벽가의 사정상, 더 이상 나쁜 소문을 추가할 필요는 없었다.

필요 이상의 사나운 소문이 달리면 오히려 좋지 않은 평가에 시달리게 되기 때문이다.

그렇기에 송찬은 어정쩡한 표정으로 고개를 끄덕일 수밖에 없었다.

"그, 그야 그렇지……."

"그래, 그러니 우리끼리 가는 게 맞는 거다."

벽사흔의 말에 천천히 고개를 끄덕이던 송찬이 조심스럽게 물었다.

"그럼… 팽렬 정도의 고수가 더 있냐?"

"없어."

"그럼 벽라 정도는?"

"그놈 포함해서 넷 정도는 되지."

그렇다면 마교와 비교했던 생각은 잘못되었다. 마교가 보유한 초극의 고수는 적어도 스물 이상으로 알려져 있었으니까 말이다.

"좋다 말았군."

"무슨 소리야?"

"대충 마교와 비교했었거든."

"걔들은 초극의 고수가 좀 많지?"

"그래."

대략 강호엔 전력 치수라는 것이 존재한다.

쉽게 말해서, 아래 경지의 무사 몇이 모이면 상위 경지의 고수와 평수를 이루는가 하는 것 말이다.

이를테면 절정의 무인 셋이 모이면 초절정의 무인과 평수를 이루고, 그런 초절정의 무인 다섯이면 초극에 이른 무인과 평수를 이룰 수 있다는 식의 것이다.

각 경지 안에서도 상하가 존재하니 정형화될 수는 없겠지만, 오랜 시간을 지나며 어느 정도 가다듬어져서 완전히 무시할 수만은 없는 내용을 담고 있었다.

하지만 그건 완전히 한 단계 위의 고수만을 상정했을 때의 이야기다.

다시 말해서 절정의 고수 셋이 초절정과 평수고, 초절정 다섯이 초극과 평수이니 간단하게 계산해서 절정 열다섯이면 두 단계 위인 초극과 평수를 이룰 수 있다는 소리를 하면 안 된다는 것이다.

실제로 초극의 고수 한 명이면 절정의 고수 열다섯은 반 시진 안에 도륙된다.

 사실 자신들의 경지보다 위의 고수를 상대하려면 그를 포위진 안에 가둬 두어야 하는데 그게 결코 쉽지 않다.

 그 탓에 역사가 긴 문파들은 자파에 그 일을 쉽게 만들기 위한 진법들을 보유한다.

 이를테면 무당의 칠성검진이나 소림의 나한진, 개방의 타구진 등이 바로 그런 것들이다.

 하지만 그런 진법을 사용해도 두 단계 이상의 고수를 가둬 두는 것은 사실상 불가능하다.

 그렇게 되는 이유는 바로 각 경지가 갖는 돌파력 탓이다.

 돌파라는 것은 어느 한 지점에 집중되는 특성을 가졌다.

 막말로 절정의 고수 열다섯이 동원되었다고 해도 초극의 고수가 돌파하는 지점에 위치하게 되는 절정의 고수는 넷 이상을 넘기기 어렵다. 바로 공간의 제약 때문이다.

 그렇게 제한되는 공간은 다섯 곳뿐이다. 전후좌우, 그리고 상.

 왜? 하, 그러니까 아래가 빠졌냐고 물을지도 모르지만 솔직히 땅속을 마음대로 움직일 수 있는 사람은 없다.

 지둔술이라 불리는 무공이 존재함에도 불구하고 그건 불가능하다.

 초극의 고수가 내는 속도로 땅속을 파고 돌아다닌다는 것 자체가 어불성설인 까닭이다.

그러니 절정이 아무리 많아도 초극을 잡지 못한다. 잡기는 커녕 당장 죽음을 걱정해야 할 입장인 것이다.

물론 그것도 절정이 그 한계를 무색하게 만들 정도로 다수라면 이야기는 달라진다.

이를테면 수천수만을 동원할 수 있는 관병처럼 말이다.

하지만 그럴 정도의 능력을 가진 곳은 강호에 존재하지 않는다.

그런 연유로 이른바 극강의 고수라 불리는 초극 또는 초극의 극의에 달하는 고수의 수가 밀리면 문파 전체의 전력도 밀리는 것이다.

그렇게 놓고 보면 진마벽가는 단리세가와 소림사 사이의 전력을 가진 셈이었다.

물론 그것만 해도 엄청난 전력이다.

"그래도 나쁘진 않아."

벽사흔의 말에 송찬이 크게 고개를 끄덕였다.

"당연하지."

답하는 음성에서 드러나듯이 송찬은 그것에 만족하고 있었다.

하지만 그조차 잊어버리고 있던 변수 하나. 바로 그의 눈앞에서 실없이 히죽 웃어 대는 벽사흔이다.

그의 존재는 극강의 고수들이라 불리는 핵심 전력의 부족함을 메우고도 남는다.

그렇게 될 경우 삼백이 훌쩍 넘는 절정 이상의 고수를 가진 진마벽가와 맞상대가 가능한 문파는 이황을 보유한 마교와 무당 외에는 없다고 봐도 무방했다.

 벽사흔과 그 일행이 전양검문을 나선 건 그의 예상대로 이틀 후였다.
 그리고 그날, 해남혈검문은 계림에 입성했다.
 수천에 달하는 무장 세력이 계림에 들어왔음에도 불구하고 계림주의 관아는 아무런 조치도 취하지 않았다.
 조치는 둘째 치고, 계림주 관아는 아예 문을 닫아걸어 버렸다.
 그 탓에 겁에 질린 계림의 사람들은 저마다 집에 들어앉은 채 관아처럼 문을 닫아걸고 숨죽여 불청객들이 조용히 물러갈 때를 기다릴 수밖에 없었다.
 그렇게 텅 빈 계림의 거리를 시위하듯 지난 해남혈검문의 무사들은 이강변에 들어선 진마벽가의 장원에 도착했다.
 진마벽가의 장원은 합산의 단리세가처럼 버려져 있었다.
 도처에 흩어진 자질구레한 짐들이 진마벽가 사람들이 얼마나 급하게 이곳을 떠났는지 알려 주고 있었다.
 "소문대로라면 버틸 줄 알았더니……?"
 허탈해하는 혈주의 음성에 백천이 조심스럽게 말했다.
 "가주가 없으니 도주를 택할 수밖에 없었을 것입니다."
 "가주가 없었다?"
 "예, 혈주. 삼황이라 불리는 진마벽가의 가주는 지금 전양이란 곳에 있습니다."
 "왜 그곳에 있는 건가?"
 "전양에서 벌어졌던 일을 확인하기 위해 움직였던 것인 듯 싶습니다만, 왜 아직까지 그곳에 머물러 있는지는 알지 못합니다."
 "그가 계속 그곳에 남아 있다면 뒤가 어수선해지는 게 아닌가?"
 "빈집 털이를 말씀하시는 것입니까?"
 "그리 부르니 우리가 하고 있는 일도 우스워지는군."
 혈주의 말에 백천이 당황한 표정을 지었다.
 하긴 비어 있는 장원을 접수하고 불태우는 자신들의 행위도 빈집 털이나 다름없었기 때문이다.
 "그, 그런 뜻으로 드린 말씀은 아니었습니다, 혈주."

"알고 있네. 그냥 해 본 말이니 마음에 담아 두지 말게."

"송구합니다, 혈주."

고개를 조아리는 백천을 느긋하게 바라보던 혈주가 이강변 너머의 흉가 터에 가 있는 해남혈검문의 부문주인 진서랑을 바라보았다.

"진 부문주는 왜 저곳에 가 있는지 아는가?"

마음, 그러니까 성정은 진서랑의 외아들인 진조량의 것이라니 사사로이는 부친일 사람이다.

하나 기억은 혈황의 것이고, 몸은 공이직의 것이니 엄밀하게 따져선 전혀 상관없는 사람이라고 말할 수도 있었다.

그 탓인지 진서랑을 대하는 혈주의 태도는 충성스런 수하, 그 이상도 이하도 아니었다.

"저곳이 진마벽가의 원래 장원 터였답니다."

"한데?"

"그 지하에 비밀 동부가 감춰져 있다는 설이 있어서······."

뒷말을 흐리는 백천에게 혈주가 물었다.

"백 부문주도 그리 생각하는가?"

검각이 해남혈검문과 합쳐진 이후, 백천도 부문주의 직책을 받았다.

해남검문에 비해 고수의 수나 세력이 떨어졌지만, 검각이란 이름이 그를 부문주로 밀어 올린 셈이었다.

여하간 중원 본토에서 움직이자면 해남검문의 이름보다

검각의 이름이 더 유효할 것을 알아본 진서랑의 권유 덕이었다.

"한때 대륙 상회가 천문학적인 돈을 퍼부으며 조사했을 정도로 신빙성이 높은 소문이었습니다. 그걸 믿느냐고 속하에게 물으신다면 그럴 가능성이 높다고 말씀드리겠습니다."

말장난이다.

확실히 믿는다고도 안 했지만 믿지 않는다고도 하지 않았다.

호통을 쳐도 상관없을 대답이었지만 혈주는 그냥 웃어넘기는 것을 택했다.

"하하하, 언제나 느끼는 거지만 백 부문주는 말솜씨가 좋아. 하지만 그대의 혀가 자신을 해치는 칼날이 될 수도 있음이니 조심하는 것이 좋네."

"유, 유념하겠습니다."

당황하는 백천에게서 시선을 돌린 혈주가 진마벽가의 원래 장원 터였다는 곳을 뒤지는 진서랑을 지그시 바라보았다.

"진 부문주는 그 비밀 동부에서 무엇을 얻길 원하는 건가?"

"진마의 절기입니다."

"그의 절기를 탐낼 이유가 있나?"

혈영현신이 성공한 이후, 해남검문의 무사들은 지난 일 년

간 혈황의 기억에서 풀려나온 혈교의 무공으로 단련된 이들이다.

그들이 배운 혈교의 무공만으로도 기존에 해남검문이 보유하고 있던 무공들을 한 단계 이상 발전시킨 상태였다.

한데 다른 문파의 무공을 찾는 이유를 알지 못했다.

"진 부문주의 말로는 혈교의 무공으로 인해 해남검문의 무사들은 한 단계 발전했답니다."

"그거야 당연한 것이지. 혈교의 무공은 천하제일이니까."

혈교의 무공에 대해 무한한 자신감을 드러내는 혈주에게 이런 말을 해도 되나 걱정이 들었던 백천은 조심스럽게 말을 이었다.

"물론 그렇습니다만… 진 부문주는 단시간 안에 해남검문의 무사들이 발전할 수 있었던 것은 해남검문이 가지고 있던 기존의 무공보다 한 단계 높은 혈교의 무공을 접한 덕도 있지만 전혀 다른 무리를 접한 까닭이 더 크다고 생각하는 듯했습니다."

"하면……?"

"예, 진 부문주는 진마의 절기를 얻을 수 있다면 그 일이 다시 일어날 수 있다고 생각하는 듯합니다."

"다시 한 번 이뤄 내는 단시간의 발전이라……. 놓치긴 아깝겠군. 그래서인가? 그대 휘하였던 이들도 보이는군."

혈주의 말에 백천은 붉어지는 얼굴을 막을 수 없었다.

"무공의 발전에 목매는 것은 강호인이라면 누구나 같을 테니까요. 기분이 언짢으셨다면 용서하십시오."

"기분 나쁠 건 없네. 그나저나 기왕 파 보는 거 이곳도 파 보지 그래."

"이곳은 진마벽가의 과거와 연결이 되어 있지 않습니다만……"

"혹시 아냐? 이곳으로 옮겨 놓았을지."

진미벽가는 비동을 찾지 못했다는 소문을 이야기하려던 순간, 백천은 다른 생각이 떠올랐다.

'찾았으면서도 감췄다면……?'

너무나 쉽게 이전의 장원을 내주고 옮겨 앉은 상황을 생각하면 충분히 가능성이 있는 이야기였다.

그것이 백천의 답을 결정했다.

"그리하겠습니다."

그냥 한번 던져 본 이야기에 백천이 반응한 것이 다소 뜻밖이었지만 혈주는 별다른 말없이 등을 돌려 장원 안으로 들어갔다.

그로부터 반 시진 후부터 백천의 지휘를 받는 해남혈검문의 무사들에 의해 진마벽가의 장원이 파헤쳐지기 시작했다.

그런 진마벽가의 장원엔 해남혈검문의 깃발이 휘날리고 있었다.

† † †

 아무리 수레와 마차를 동원하였다지만 다급히 집을 버리고 피난을 나선 이들에겐 지치고 힘든 여정이었다.
 더구나 수레를 끄는 소나 말이 지쳐 쓰러지는 일이 반복될 정도로 고속으로 이동하는 탓에 노인들과 젖먹이들 속에서 병을 얻은 이들까지 속출하고 있었다.
 그러나 속도는 줄어들지 않았다. 병은 도착해서 치료하면 되지만 적에게 따라잡히면 이들에게 남는 건 죽음뿐이었기 때문이다.
 그렇게 정신없이 움직인 진마벽가와 단리세가 가솔들의 이동은 호광성의 북쪽 무당산에 접어들어서야 속도가 줄었다.
 아직 혈교의 소문은 두 세가의 이동 속도를 따라잡지 못했다.
 그 탓에 지친 모습으로 수백 대의 수레에 나누어 타고 들어서는 이들을 바라보는 무당산 자락에 사는 사람들의 시선 속엔 불안감이 가득했다.
 그들의 불안감은 수군거림 속에서 실체를 드러냈다.
 "난리라도 난 건가?"
 "남쪽이면 왜구가 또 극성을 피는지도 모르죠."
 갑작스런 피난민들의 모습에 사람들은 당장 전란을 떠올

렸던 것이다.

 그런 이들의 불안감 때문인지 강호인들이 '밀역이라 부르는 무당산의 권역에 들어선 지 얼마 되지도 않아 다수의 도사들이 앞길을 막아섰다.

"무량수불, 잠시 멈추시오."

 도호와 함께 손을 드는 도사의 웅혼한 음성에 팽렬의 손이 올라가고, 수레의 행렬이 멈추어 섰다.

 별다른 다툼 없이 행렬이 멈추어 선 까닭인지 다가서는 도사의 얼굴엔 안도의 표정이 떠올라 있었다.

"길을 막아 미안하오만… 소속이 어디시오?"

 짜임새 있는 구성과 행렬 중간 중간 모습을 보이는 무사들의 기세만으로도 일정한 체계를 갖춘 이들로 보였다.

 그럼에도 불구하고 행렬 어디서도 자신들의 소속을 나타낼 만한 표식이 없었기 때문에 묻는 것이었다.

 그것은 진마벽가와 단리세가가 자신들의 깃발을 고의적으로 말아 두었던 탓이다. 누군가를 피해서 도주하는 입장에서 자랑스럽게 깃발을 앞세울 수 없는 입장이었던 까닭이다.

"진마벽가와 단리세가요."

 팽렬의 답에 행렬을 멈추었던 도사는 놀란 표정이 역력했다.

"지, 진마벽가와 단리세가가 확실합니까?"

좀처럼 믿기 힘든 상대의 입장을 팽렬은 이해할 수 있었다.

삼황이라 불리는 이와 도군을 보유한 문파의 사람들이 피난을 떠나온 행색이었으니까 말이다.

"강호의 동도들이 파갑신추라 불러 주는 사람이올시다. 장문인을 뵙게 해 주시오."

"파갑신추!"

당장 도사의 눈에 다른 의미의 놀람이 들어섰다. 자파의 장로급에 해당하는 인사의 무림명이었던 탓이다.

"놀라고 있을 시간이 없소."

팽렬의 재촉에 도사가 말했다.

"저는 일성이라 합니다. 접객당으로 모시겠습니다. 하나 다른 분들은……."

상대의 입장을 이해했다.

아무리 자신의 이름을 밝혔다고는 해도 다수의 무사를 포함한 이들을 무당 경내로 들일 순 없을 터였다.

"일행들은 일단 이곳 마을에서 쉴 수 있게 도와주시오."

팽렬이 쉽게 수긍하자 일성 진인은 다행스런 표정으로 고개를 끄덕였다.

"그리하겠습니다."

답을 하고 뒤에 서 있던 젊은 도사들에게 지시를 내리는 일성 진인을 일별한 팽렬도 다른 전주들에게 상황을 이야기했다.

 이내 젊은 무당 도사들의 안내로 사람들이 수레를 정돈하고 객잔에 나누어 드는 것을 확인한 팽렬은 대장로인 벽갈평과 단리세가의 총관을 대동하고 일성 진인을 따라 무당산으로 올랐다.

 무당파 접객당에 도착한 지 반 시진, 놀란 표정의 장문인이 몇몇 장로들과 함께 접객당으로 들어섰다.
 "오랜만에 뵙습니다, 장문인."
 팽렬의 포권에 무당의 장문인이 반가운 표정을 지었다.
 "정말 팽 도우시구려."
 팽렬이 아직 하북팽가에 있었을 때, 도왕을 따라 몇 번 무당을 방문한 까닭에 장문인과 안면이 있었다.
 "예, 갑자기 찾아뵈어 송구합니다."
 "아니요. 팽 도우의 방문이야 언제나 환영할 일이지요. 한데… 다수의 사람들과 함께 오셨다고 들었습니다만."
 "가솔들과 함께 왔습니다."
 "가솔들… 이요?"
 "예. 그전에 인사부터 나누시지요."
 팽렬의 말에 비로소 다른 두 사람에게 시선을 준 장문인이 미안한 표정을 지었다.
 "이런 결례가……. 너무 놀란 나머지 결례를 범했습니다.

무당의 장문을 맡고 있는 공현입니다."

장문인의 인사에 벽갈평이 포권을 취했다.

"벽갈평입니다."

소개가 미진했다고 느꼈던지 팽렬이 말을 덧붙였다.

"진마벽가의 대장로이십니다."

팽렬의 말에 장문인과 다른 도사들은 꽤나 놀란 표정이었다. 상대에게서 무공을 익힌 흔적을 전혀 찾아볼 수 없었기 때문이다.

그런 의문을 느낀 팽렬이 쓴웃음을 지으며 말을 이었다.

"대장로께선 무공을 연성하지 않으셨습니다."

"그러시군요. 무당에 오신 것을 환영합니다, 벽 도우."

"감사합니다."

가볍게 고개를 숙여 보이는 벽갈평에게서 시선을 돌리는 장문인에게 단리세가의 총관이 포권을 취해 보였다.

"단리세가의 총관을 맡고 있는 단리강후입니다."

"단리세가의 기둥이시라는 파평도를 이리 뵙는군요. 반갑습니다."

환대에도 불구하고 딱딱하게 굳어 있는 세 사람의 표정을 본 장문인이 조심스럽게 물었다.

"무언가 좋지 않은 일이 있는 모양이군요."

장문인의 물음에 벽갈평과 팽렬을 일별한 단리세가의 총관이 답했다.

"혈교가 나타났습니다."

장문인은 자신이 잘못 들었다고 생각했다.

"뭐라고 하셨습니까?"

그의 물음에 단리세가의 총관이 다시 답했다.

"혈교의 무리가 모습을 드러냈다고 말씀드렸습니다."

답하는 총관의 음성도 담담하기 그지없어 더 실감이 안 나는지도 몰랐다.

"다시, 다시 말씀해 주시겠습니까?"

"믿기 어려우시겠지만… 혈교가 다시 모습을 드러냈습니다, 장문인."

더 이상 부정할 수 없는 상황이 되자 접객당 안으로 차가운 바람이 몰아치는 것같이 공기가 차가워졌다.

그와 함께 장문인은 물론이고 뒤에 서 있던 무당 장로들의 표정도 딱딱하게 굳어 버렸다.

"혈… 교가 나타났단 말입니까?"

"예, 장문인."

총관의 답에 장문인이 무거운 음성으로 물었다.

"그것이 무엇을 뜻하는지 아십니까?"

"알고 있습니다."

"가주와 태상가주를 뵈었으면 합니다만……."

"그들을 막기 위해 뒤에 남으셨습니다."

붉어진 눈시울로 답하는 총관을 바라보는 무당 장문인의

표정엔 경악이 들어찼다.

"서, 설마 그럼……."

"합산을 떠난 지 육 일입니다. 그러나 돌아오지 않으셨습니다."

총관의 답이 무엇을 뜻하는지 알아들은 장문인의 떨리는 시선이 팽렬에게 향했다.

"진마벽가의 가주께서는……."

물어 오는 장문인의 눈이 불안하게 흔들렸다.

"다른 일로 세가를 비우셨을 때 일이 생겼습니다. 일단 세가의 가솔 모두를 이끌고 피신을 하였으니 소식을 들으시는 대로 곧 저희를 찾아오실 것입니다."

"다행이오."

다행이란 말이 절로 나온다. 혈교가 다시 준동한다면 강호는 삼황의 힘을 절대적으로 필요로 할 것이기 때문이다.

그렇게 작게나마 안도의 한숨을 내쉬는 장문인에게 팽렬이 말했다.

"도움이 필요합니다."

"말씀하시지요."

"가솔들이 머물 곳이 필요합니다."

"수가 어느 정도나 됩니까?"

"우리 진마벽가의 가솔들이 오천, 단리세가의 가솔들이 삼천에 달합니다."

합이 팔천이다.

어디든 마찬가지겠지만 그 정도의 손님을 머물게 할 만한 시설이 무당엔 없었다.

"무당 경내에 머물게 하기엔 수가 너무 많군요."

"무당 경내에 머물 생각은 없습니다. 다만 산자락 마을에 머물 수 있도록 아량을 베풀어 주십시오."

밀역이기 때문이다. 강호인은 머물 수도 들어올 수도 없는.

"마을에 머무는 것이 무당의 아량이 필요한 일은 아닙니다. 원하실 때까지 머무신다 해도 상관없습니다."

장문인의 말에 팽렬을 비롯한 세 사람이 포권을 취해 보였다.

"감사합니다, 장문인."

"아닙니다. 어려운 일이 없도록 제자들을 내려보내 돕도록 하겠습니다."

"그리해 주신다면 더 고맙겠습니다."

사람이 부족해서가 아니다. 무당의 도사들이 곁에서 도와야 마을 사람들이 자신들이 머물 만한 공간을 내어 줄 것이라 생각한 까닭이었다.

몇 번씩 포권을 취해 보이며 감사를 전한 팽렬 등이 물러가자 장문인은 곧바로 무당의 장로 회의를 소집했다.

당연히 태상장로직에 있는 무극검황도 회의에 참석했다.

혈교의 준동이란 말을 들은 장로들은 경악을 금치 못했다. 그것은 무극검황도 다르지 않았다.

"흐음……."

"어찌하면 좋겠습니까, 사숙님?"

장문인의 물음에 무극검황이 물었다.

"도군이 이미 혈교의 무리에게 잘못되었다 했습니까?"

"단리세가의 가주와 무사들이 도군을 돕기 위해 달려갔으나 아직 돌아오지 않았다고 하였습니다."

혈교의 무리를 막으러 나섰다면 제아무리 도군이라도 무사히 살아 돌아올 순 없다.

하나의 문파가 막기엔 삼백 년 전, 그들이 강호에 보여 준 저력이 너무 강렬했다.

"한데 어찌 단리세가와 진마벽가뿐입니까? 검각을 비롯한 광서의 다른 문파들은 왜 보이지 않고 말이에요?"

"그에 대해 단리세가의 총관은 검각과 광서 남부 무문들은 이미 잘못되었을 거라 예상하였습니다."

"어째서 그리 생각한답니까?"

"혈교의 무리를 만난 곳이 합산과 남녕의 중간쯤이었답니다."

"그럼……."

"예, 혈교의 무리가 이미 검각이 있던 남녕을 지났다고 봐야 할 듯합니다."

"흠……."

검각을 비롯한 다수의 광서 남부의 무문들이 혈교, 아니 해남혈검문에 자발적으로 흡수되었다는 것을 이들은 전혀 예상조차 하지 못했다.

"그리고 광서 북부 쪽 무문들엔 진마벽가에서 전서구를 띄워 혈교의 준동 사실을 알리고 피하라 하였다니 그들은 나름대로의 생로를 모색하고 있을 것입니다."

"그나마 다행이구려."

"피해를 막은 것은 그렇사오나… 그 탓에 광서를 그냥 내주게 되었습니다. 그리고 이제 그들은 우리가 자리한 이 호광으로 들어설 것입니다."

장문인의 말에 무극검황을 비롯한 장로들의 표정이 이전보다 더 딱딱하게 굳었다.

"막아야겠지요."

무극검황의 말에 장문인이 조심스럽게 말했다.

"그리해야 합니다만… 무당 홀로는 불가능한 일입니다."

장문인의 말이 무엇을 뜻하는지 알기에 무극검황은 곧바로 말을 이었다.

"십대무파에 무림… 첩을 돌려야 하겠지요."

"장로원의 동의가 필요합니다."

그 말에 무극검황이 주변에 둘러앉은 장로들을 훑어보며

답했다.

"반대할 사람이 있을 것 같진 않군요."

"그럼 무당의 이름으로 십대무파의 나머지 아홉 문파에 무림첩을 돌리겠습니다."

당금의 십대무파는 마교, 무당, 하북팽가, 북경묵가, 소림사, 단리세가, 개방, 남궁세가, 화산파, 사천당가이다.

모두가 십대고수를 보유한 문파다. 아니, 문파였다.

지난 무림지회 때 벌어진 의문의 혈사로 개방은 자파의 십대고수인 걸군을 잃었기 때문이다.

그런 까닭에 성질 급한 일부 강호의 호사가들은 개방을 빼고, 삼황을 보유한 진마벽가를 무당의 뒤로 끼워 넣기도 했다.

하지만 아직까지 강호의 정론은 걸군이 죽기 전의 십대무파를 그대로 인정하고 있었다.

삼황에 대한 소문이 명확하게 인정받지 못한 까닭이었다.

그날 무당의 경내에서 여덟 마리의 전서구가 날아올랐다.

그리고 무림첩을 지참한 무당의 일 대 제자 한 명이 무당산 자락에 자리를 잡은 단리세가를 찾았다.

지체된 만큼 서둔 덕에 벽사흔과 일행이 남녕에 도착한 건 전양을 출발한 지 하루 만이었다.

다만 너무 늦은 시간에 도착한 것이 문제였다.

"바로 갈까?"

송찬의 물음에 벽사흔이 고개를 저었다.

"이미 해시정(亥時正:밤 11시)이 지났어. 지금 가면 괜히 습격하러 가는 것 같잖아. 떳떳하게 날이 밝으면 가는 게 좋겠다."

"뭐… 그것도 나쁘지 않지. 하면 객잔을 잡아야겠다."

송찬의 말에 벽사흔이 동의하자 송덕생과 고록이 움직였다.

아무래도 진권전의 부전주인 벽구작보다는 직책이 낮은 까닭이었다.
 그렇게 움직인 송덕생이 조금 당황한 표정으로 돌아왔다. 그 모습에 송찬이 물었다.
 "왜, 방이 없다냐?"
 "그런 것이 아니오라……."
 "뭔데 그리 뜸을 들여. 어서 말해 봐?"
 송찬의 독촉에 송덕생이 조심스럽게 답했다.
 "그게… 검각이 남녕을 떠났답니다."
 "검각이 남녕을 떠났다니, 그게 무슨 소리야?"
 "방을 얻으러 간 객잔에서 들은 소리이온데, 검각의 무사들이 외부에서 온 무리와 합류하여 남녕을 떠났답니다."
 "외부, 어디?"
 "그것까지는……."
 "한데 고록은 어디 가고 너 혼자야?"
 "검각을 살피러 갔습니다."
 송덕생의 답에 송찬의 시선이 벽사흔에게 향했다.
 "어떻게 할까?"
 "고록이 돌아올 때까지 기다리지."
 벽사흔의 결정에 일행은 침묵 속에 머물고 있었다. 그렇게 반 시진이 지나고 고록이 돌아왔다.
 "어떻더냐?"

송찬의 물음에 고록이 답했다.

"정말로 비어 있습니다."

"무사들이 아무도 없단 말이냐?"

"무사들만이 아니라 가솔들의 모습도 보이지 않았습니다."

"그게 무슨 소리야? 가솔들의 모습도 보이지 않다니?"

"정말입니다, 선배. 아니, 대호법님. 검각은 머무는 사람이 없이 텅 비어 있었습니다."

고록의 답에 송찬이 당황한 표정으로 벽사흔을 돌아봤다. 그런 송찬의 시선을 받으며 벽사흔이 일어섰다.

"가 봐야겠다."

"하지만 시간이……?"

"아무도 없다고 하니 시간이 늦었다고 책을 잡힐 일도 없겠지."

벽사흔의 말에 고개를 끄덕인 송찬도 그의 뒤를 따랐다.

그 뒤를 송덕생과 벽구작, 그리고 고록이 따라붙었다.

일행이 도착한 검각은 고요한 어둠에 잠겨 있었다.

머무는 사람이 없다는 말을 들어서인지 검각을 내리누른 어둠은 왠지 을씨년스럽고 차가워 보였다.

끼이익-

문은 미는 대로 쉽게 열렸다.

"미리 확인했습니다만, 함정이나 기관은 없었습니다."

고록의 말에 맨 앞에서 문을 열던 구작의 행동이 조금 더 과감해졌다.

문을 활짝 열고 성큼성큼 들어가는 구작을 따라 벽사흔과 송찬이 들어섰다.

"누구 없나?"

돌발적인 구작의 고함에 고록과 송덕생은 놀랐고, 송찬과 벽사흔은 어이없는 웃음을 지어 보였다.

"정말 없는 모양인데요."

구작의 말에 피식 웃은 벽사흔이 그를 지나쳐 안쪽으로 움직였다.

사람이 없지만 흐트러지거나 널브러진 세간이 없었다.

이건 급히 떠난 것이 아니라 준비를 갖춰 조용히 움직였다는 뜻이었다.

자신들이 여행을 떠났을 때처럼 말이다.

"애들도 어디 여행 갔나?"

벽사흔의 물음에 송찬이 고개를 저었다.

"다른 놈들하고 함께 떠났다고 하잖냐. 여행은 아니다."

"다른 문파 놈들하고 함께 움직일 수도 있지 않을까?"

벽사흔의 말에 송찬은 대꾸도 하지 않았다.

막말로 벽사흔 정도로 막 나가는 가주나 문주가 또 있으리라곤 생각지 않았다.

문파 전체를 이끌고 가는 여행이라니, 있을 수 없는 일이다.

물론 자신들은 그 일을 했다.

그러니 벽사흔이 막 나간다고 자신 있게 말할 수 있는 것이다.

그런 송찬을 바라보는 벽사흔은 싫은 소리를 하지 않았다. 자신이 생각하기에도 지난 여행은 무모한 일이었기 때문이다.

그 결과가 지금의 일을 낳았고 말이다.

"도주했나?"

슬그머니 다른 말을 건네는 벽사흔에게 송찬이 고개를 저었다.

"도주라고 보기엔 너무 깨끗하잖아."

"하긴 도주라면 도처에 세간들이 널브러지고, 흘리고 간 옷가지나 기물들이 흩어져 있어야겠지?"

"당연히. 이건 우리가 여행 갔을 때처럼 깨끗해. 미리 준비하고 정돈해서 움직였다는 뜻이다."

"그러니까 내가 그랬잖아, 여행간 거 아니냐고?"

"쓸데없는 소리 그만하고 제대로 살펴보자."

송찬의 말에 시큰둥한 표정을 지어 보인 벽사흔이 말했다.

"그리 잘 아는 놈이 찾아보셔."

"쯧."

못마땅한 듯 혀를 찬 송찬이 주변에 서 있던 송덕생과 고록에게 무언가를 지시하자 그들이 흩어져 어둠 속으로 사라졌다.

"어디 보냈냐?"

"심부름."

"뭐, 야식이라도 먹게?"

"아이, 참!"

여전히 못마땅해하는 송찬을 벽사흔이 흘겨보다 구작을 불렀다.

"구작."

"예, 가주님."

"가서 야식 좀 사 와라."

"야식이요?"

"그래. 만두도 좋고, 오리 구이나 그런 것도 괜찮다."

"아, 예……."

복잡한 걸 싫어하는 자신이 보기에도 가주의 명이 지금의 상황과 너무 안 맞는다고 느꼈던지 구작의 답은 흐릿했다. 그런 구작에게 벽사흔이 말을 이었다.

"참! 사 오면서 객잔 주인에게 물어라. 요사이 많이 팔렸냐고?"

"예?"

"예는 뭐가 예야? 그렇게만 물어. 그러면 나머진 객잔 주인이 알아서 말해 줄 거다."

"아, 알겠습니다."

구작이 떠나자 송찬이 다가왔다.

"혹시 세작 박아 놨냐?"

"무슨 세작?"

"아니고서야… 객잔 주인에게 마치 암구호 같은 걸 왜 물어 보라고 시킨 거야?"

"암구호는 무슨……."

"암구호도 아닌데 상대방이 알아서 말해 줄 거란 소리는 왜 해?"

"그야 돌아와 보면 알겠지. 기다려 봐."

벽사흔의 답에 송찬은 의문을 거두지 못했다.

하지만 더 이상 물어봐야 다른 대답이 나올 것 같지 않자 송찬은 이내 관심을 거두고 검각 안을 다시 둘러보기 시작했다.

그렇게 이각 정도가 흐르자 송찬의 명을 받고 어딘가로 사라졌던 송덕생과 고록이 돌아왔다.

"어때?"

송찬의 물음에 송덕생이 고개를 저었다.

"주변으로 대규모의 수레가 움직인 흔적은 없습니다."

"설마… 그럼 모두 걸어갔단 소리야?"

"그것까진 모르겠지만, 수레나 마차가 다수로 동원된 흔적은 보이지 않았습니다. 적어도 보름 이전까진 그렇습니다."

흔적에서 정보를 얻을 수 있는 기간이 대체로 보름 전후이기 때문이다.

물론 비가 오거나 눈이 오면 조금 더 짧아지지만 최근 보름간 남녕엔 비가 오지 않았다.

여하간 송찬은 자신의 예상과 빗나간 송덕생의 답에 인상을 찌푸리며 고록을 바라보았다.

"그쪽은?"

"묻는 말에 답을 잘 하지 않습니다. 술 취한 자들까지 검각의 이동에 대한 물음엔 입을 다물더군요. 사전에 경고가 있지 않았을까 싶을 정도입니다."

고록의 답에 송찬의 표정은 조금 더 어두워졌다. 그 표정에 벽사흔이 다가왔다.

"왜 죽을상이야?"

벽사흔의 물음에 송찬이 답답한 음성으로 답했다.

"이만한 문파의 사람들이 움직이려면 수레나 마차는 필수다. 한데… 흔적이 전혀 남아 있지 않았다. 주변 사람들은 물어도 제대로 답하지 않고?"

"흔적이야 지우면 그만이지. 그리고 계림에 물어봐라, 우리가 어디 갔는지 대답할 사람들이 있을지. 여기도 똑같은 거다."

벽사흔의 말에 송찬이 고개를 주억거렸다.

하긴 검각의 영향력하에 있는 이들이 다른 이들에게 검각의 일을 떠벌릴 리 없다.

알면서도 물어본 것은 혹시나해서였다.

"차라리 주변 흑도를 하나 잡아 올까요?"

고록의 물음에 송찬이 벽사흔을 바라보았다.

"잠깐 기다려 보고."

"세작한테 보낸 구작을 기다리는 거냐?"

"세작 아니라니까!"

벽사흔의 부정에도 불구하고 송찬은 제대로 믿지 않는 표정이었다.

그 표정은 반각 후, 구작이 야식을 싸 들고 돌아올 때까지 그대로였다.

"다녀왔습니다."

구작의 등장에 벽사흔이 그를 반겼다.

하지만 이어진 첫 질문으로 봐선 송찬과 달리 그의 반가움은 야식 거리에 몰려 있었던 모양이다.

"뭐 사 왔냐?"

"오리 구이하고, 만두 몇 개, 월병, 그리고… 여기 술도 한 병 사 왔습니다."

술을 사 와도 되는지 몰라 어지간히 갈등했던지 술병을 내놓는 구작은 벽사흔의 눈치를 살폈다.

"잘했다. 그렇지 않아도 술 이야길 빠트려서 아차 싶었는데."

벽사흔의 반색에 구작의 표정이 밝아졌다.
"그렇죠. 제가 또 가주님 마음을 잘 알지 않습니까?"
"자식… 잘했다."
십대무파에 이름을 올렸네 마네 하는 대무가의 부전주씩이나 되는 인사를 자식이라 부르는 가주나, 그런 부름에 헤헤거리는 부전주나 남이 볼까 걱정되는 광경이었다.
텅 비어 버린 검각의 연무장에서 때아닌 만찬이 벌어졌다.
손이 큰 걸 자랑이라도 할 생각인지 구작이 사 온 오리는 네 마리나 됐다.
"좀 많지 않냐?"
송찬의 타박에 벽사흔이 고개를 저었다.
"일인당 한 마리. 딱 좋구만. 많긴……."
벽사흔의 투덜거림에 구작이 또 헤헤거리며 웃었다.
송찬은 괜히 그런 구작의 헤픈 웃음에 딴죽을 걸고 나섰다.
"부전주씩이나 되는 놈이 헤헤가 뭐냐, 헤헤가. 거기다 자식이라고 부르는데도 웃긴. 배알도 없는 놈!"
송찬의 타박에도 불구하고 구작은 또 헤헤거리며 웃었다.
"헤헤헤, 제가 좀 그렇죠? 헤헤헤."
"에잉."
못마땅해하는 송찬을 바라보며 벽사흔이 핀잔을 줬다.
"자식이라고 부른다며 뭐라는 놈이 놈 타령은."

그러고 보면 송찬도 구작한테 놈이라는 말을 잘 쓴다.
아니, 구작만이 아니라 진마벽가의 웬만한 사람들한텐 모두 다 그런다.
그렇다고 그걸 기분 나빠 하는 사람은 없다.
벽사흔이나 송찬이나 말투에 감정을 실어 그리 부르지 않는다는 걸 알기 때문이다.
결국 송찬은 입을 삐죽거리는 것으로 자신의 무안함과 그걸 콕 집어낸 벽사흔에 대한 불만을 대신 표현했다.
그런 송찬을 바라보며 피식 웃은 벽사흔이 오리고기에 손을 대자 구작이 어딘가를 황급히 가더니 잔 몇 개를 가져왔다.
아마도 비어 있는 검각의 전각들을 뒤진 모양이었다.
그 잔에 구작이 술을 따랐다. 잔을 채운 술이 달빛에 곱게 보였다.
"무슨 술이냐?"
"듣긴 했는데, 이름은 잘……."
뒷머리를 긁적이는 구작에게 벽사흔은 희미하게 웃어 보였다.
"하긴 술 이름 안다고 더 맛있는 건 아니니까. 또 모르면서 먹는 술도 운치가 있고."
그 말을 남긴 벽사흔이 술잔을 비우자 송찬을 비롯해서 나머지 사람들도 자신의 잔을 비웠다.

"크~ 좋다."

송찬의 말에 다른 사람들의 입가에 미소가 그려졌다.

송찬의 평가대로 이름을 모른다는 술은 제법 맛이 좋았다.

이후엔 말도 없이 술과 야식만 먹었다. 물론 한 병이 토해 놓은 술의 양은 얼마 되지 않았다.

두 순배를 돌고 벽사흔의 잔에 겨우 반잔만 찼을 뿐이다.

그걸 아쉽게 바라보는 송찬에게 씨익 웃어 보인 벽사흔은 홀짝 마셔 버렸다.

"치사한 놈."

기어코 욕지거리를 한마디 얻어먹었지만 벽사흔은 목을 타고 내려가는 싸한 술맛에 그 정도는 충분히 감수할 수 있다는 표정이었다.

"이거 드시죠."

구작이 내미는 오리고기를 냉큼 받아먹는 모습이 꼴 보기 싫었는지 송찬이 투덜거렸다.

"치사한 놈에게 붙은 간신배 자식."

하지만 은근히 송덕생과 고록을 바라보며 못마땅한 표정을 짓는 것이 부러운 듯도 보였다.

물론 그 시선을 송덕생과 고록은 슬며시 외면했다.

아무리 좋아하는 선배라도 두 사람 다 구작처럼 굴 만한 성격들이 아니었기 때문이다.

그게 송찬의 비위를 또 건드린 모양이었다.

"하등 쓸모없는 자식들."

송찬의 핀잔에 송덕생과 고록은 그저 쓴웃음을 지을 뿐이었다.

"저기… 근데요. 아까 물으라고 하셨던 말이요?"

구작의 말에 송찬의 시선이 이동했다.

잠시 까먹고 있었지만 가장 기다렸던 정보였기 때문이다.

뼈에 붙은 오리고기를 떼어 먹는 데 바쁜 벽사흔과 달리 바짝 다가앉은 송찬이 물었다.

"그래, 뭐라 하대?"

"한 달 전하고 육 일 전이 최고로 장사가 잘되었던 날이라던데요. 그것에 비하면 요사인 평소보다도 더 잘 안 된다고……."

구작의 말이 송찬의 물음에 가로막혔다.

"그게 중요한 게 아니잖아. 중요한 걸 말하란 말이야."

"주, 중요한 거요?"

"그래, 정보. 그렇지 그 세작이 토해 놓은 정보를 말하라고?"

송찬의 물음에 구작의 눈이 커졌다.

"그럼 그 객잔 주인이 세작입니까?"

"뭐야, 정말 그것도 모르고 갔다 온 거야? 아니, 지금은 그게 중요한 게 아니니까 그건 됐고, 빨리 정보나 말해 봐."

"저기… 그런 거 없는데요?"

"뭐?"

"정보… 는 없었는데요, 대호법님."

"아아, 딱히 정보라고 말하진 않았어도 그가 한 말은 있을 거 아냐?"

"그게… 아까 드린 말씀이 다인데요."

"정말?"

"예, 진짭니다."

"이런!"

와락 표정을 구기는 송찬의 모습에 구작이 슬그머니 엉덩이를 떼며 물었다.

"다시… 가서 물을까요?"

구작의 물음에 송찬이 뭐라 답하기 전에 벽사흔이 끼어들었다.

"한 달하고 육 일 전이 장사가 잘됐다고?"

"아, 예, 가주님."

"자기네 객잔만이 아니라, 남녕 객잔들이 다 호황이었답니다."

구작의 답에 송찬이 버럭 소리를 질렀다.

"아깐 더 한 말 없다며?"

"그, 그게… 정보라 할 것도 없는 말이라서……."

당황하는 구작을 노려보는 송찬에게 벽사흔이 핀잔을 주었다.

"왜 얘한테 그래. 내가 세작 아니라고 이야기했잖아."
"그럼 정말 장사 잘된 거나 물어본 거란 말이야?"
"그래."
"그건 왜?"
괜히 심술 나서 따져 묻는 송찬의 물음에 답하려는 벽사흔에게 송덕생이 조심스럽게 물었다.
"혹시… 움직인 날짜를 알아보시려고 하신 겁니까?"
"오~ 선배보다 머리 좋은 후배라… 나쁘지 않지."
벽사흔의 말에 송찬의 눈이 가늘어졌다.
"뭔 소리야?"
"너보다 덕생이 머리가 좋다고."
"쯧, 그거 말고."
송찬의 핀잔에 벽사흔이 피식 웃으며 답했다.
"검각이 움직였어. 한데 보름 전까지의 움직임을 알 수 있다는 흔적엔 대규모의 수레나 말이 움직인 정황이 없어. 그럼 가능성은 하나지."
"그게 뭔데?"
"따로 움직인 거."
"따로……?"
"그래. 검각의 무사들이 남쪽에서 온 누군가와 움직이기 이전에 검각의 가솔들은 남녕을 떠났다. 객잔 주인의 말에 따르면, 아마 한 달 전 같고."

원망을 받다 • 93

"그들이 떠나는 것과 객잔의 장사가 잘되는 게 무슨 상관이라고?"

"우리도 해 봐서 알겠지만, 여행을 가자면 가장 필요한 음식이 뭐냐?"

"그야 식량으로 쓸 곡식과 야채……."

"아니, 그건 평소에도 소모되는 것이니까 객잔들이 갑자기 잘될 이유가 없지. 그런 것 말고."

"곡물과 야채가 아니라면… 건포하고 말린 과일 정도?"

"그래, 그거."

흔히 생선이나 고기를 얇게 썰어 말리는 건포는 집에서 작업하기가 만만치 않다.

하자면 못할 것도 없지만, 검각의 가솔들이 며칠간 여행하며 소비할 정도의 양이라면 전문적으로 만들어 내는 객잔을 이용하는 것이 효율성 면에서 더 좋았다.

"그럼 객잔의 장사가 잘되었다는 게……?"

"그래, 뿐만 아니라 간단한 음식을 많이 사 갔을 거다. 아무래도 아침에 밥해 먹고 그걸 또 다 닦아 놓고 출발하긴 우스웠을 테니까."

벽사흔의 말에 송찬이 고개를 갸웃거렸다.

"우린 그랬잖아?"

"우리야 그걸 다 싣고 움직였으니까 그렇지."

벽가는 여행 내내 음식을 자체적으로 해 먹었다. 그걸 위해 식기는 당연히 가지고 다녔다.
 "그럼 얘들은 아니고?"
 "검각 애들이 나처럼 머리가 좋을 것 같냐?"
 다소 어이없는 이유였지만 송찬이 생각하기에도 검각의 가솔들이 자신들의 여행처럼 식사를 직접 해 먹으면서 이동할 것 같진 않았다.
 "그러면……?"
 "아마 가면서 다 사 먹었겠지. 모르긴 몰라도 주변 도시들을 탐문하면 검각 가솔들이 이동한 방향이 나올 거다."
 벽사흔의 말에 고개를 돌린 송찬의 눈짓에 송덕생이 일어섰다.
 "그냥 앉아."
 "왜? 그들이 어디로 갔는지 알아봐야지?"
 "내버려 둬. 걔들 쫓아갈 것도 아니니까."
 "그럼?"
 "검각 무사들을 쫓아야지."
 "아! 하긴 놈들이 움직였다면……."
 지난 일을 보면 진마벽가일 가능성이 높았다.
 하지만 그러자면 길목에 위치한 단리세가를 먼저 거쳐야 했다.
 그 탓에 이어 송찬은 단리세가를 언급했다.
 "단리세가로 가면 되겠군."

그 말에 곧바로 반응할 것이라 생각했던 벽사흔은 무슨 생각인지 그대로 앉은 채 송덕생에게 물었다.
"아까 검각의 무사들이 외부에서 온 무리와 함께 떠났다고 했었지?"
"예, 가주님."
송덕생의 답에 잠시 뭔가를 생각하던 벽사흔이 자리에서 일어섰다.
"단리세가로 가려는 거지?"
송찬의 물음에 벽사흔이 고개를 저었다.
"왜?"
"생각 안 나?"
"뭐가?"
"영복무관에서 잡혀 온 놈들이 했던 말?"
"무슨 말?"
"우리보다 더 두려워해야 할 배후가 있다던 말."
벽사흔의 말에 송찬을 비롯한 네 사람의 표정이 굳어졌다.
"그럼……?"
"곧바로 세가로 돌아간다."
"단리세가로 가야지. 그들이 막고 있을 가능성이 크잖아?"
송찬의 말에 벽사흔이 어두운 표정으로 말했다.
"놈들이 한 말이 사실이라면… 단리세가는……."
뒷말을 흐렸지만 그 자리에 있던 모두가 그 뜻을 짐작할 수 있었다.

그 탓에 송찬의 입에서 불신의 음성이 새어 나왔다.

"설마……."

"설마고 뭐고, 일단 세가로 돌아간다. 죽지 않을 만큼 달릴 거다."

벽사흔의 말에 송찬을 비롯한 일행들의 표정이 굳었다.

특히 아직까진 일행 중 가장 경공이 달리는 벽구작의 표정이 딱딱하게 굳어 있었다.

벽사흔이 굳이 말을 꺼낼 정도로 빠른 속도로 움직일 것을 알아차린 까닭이었다.

천천히 고개를 끄덕이는 일행을 일별한 벽사흔의 신형이 꺼지듯 사라졌다.

그리고 그 뒤를 따라 나머지 일행들의 신형도 순식간에 사라졌다.

남아 있는 음식 찌꺼기와 술병만 아니라면 그들이 이곳에 있었다는 것을 아무도 믿지 않았을 정도의 움직임이었다.

† † †

무당이 날린 전서구가 십대무파에 도착하기도 전에 혈교의 준동에 대한 소문이 퍼져 나가기 시작했다.

진마벽가의 전서구로 혈교의 준동 사실을 알게 된 광서 북부의 중소 무문들이 진마벽가의 권고대로 순식간에 광서를 벗어난 결과였다.

그간 해남혈검문의 북상 경로상에 위치한 무문들이 풍비박산 나거나 두 손을 들고 투항한 까닭에 퍼지지 않았던 소문이 그렇게 중원 전역으로 퍼져 나갔다.

당장 소식을 접한 호광의 무문들이 무당으로 몰려들었다. 그들에겐 무당만이 구원줄같이 보였기 때문이다.

그 탓에 무당과 무당산 자락의 마을은 금세 사람들로 부적거렸다.

몰려온 호광의 무문들 중엔 단리세가나 진마벽가처럼 가솔들까지 모조리 끌고 온 이들도 적지 않아서 짧은 시간에 너무 많은 사람들이 무당으로 몰려들고 있었다.

가솔까지 데려온 이들은 진마벽가나 단리세가의 예처럼 산자락 아래 마을에 자체적으로 머물게 했고, 그것을 무당의 도사들이 도왔다.

객잔은 순식간에 동이 났고, 방을 비워 손님을 받는 일반인들이 생겼지만 그렇게 만들어진 방도 순식간에 동이 나 버렸다.

결국 진마벽가나 단리세가처럼 천막을 치고 야영을 택하는 이들이 늘어 갔다.

그 탓에 무당산 자락엔 기존의 마을보다 더 큰 천막촌이 생길 지경이었다.

그렇다고 무당 경내가 조용한 것은 아니었다.

무사들만 이끌고 온 이들은 무당의 접객당에 여장을 풀었다.

나중엔 그도 모자라 무당의 경내에서도 천막들이 들어섰지만 여전히 몰려드는 무사들의 수를 감당하지 못했다.

마치 시장 바닥처럼 시끄러워진 접객당 앞마당에서 오십여 장 올라간 곳에 마련된 정청에 모인 이들은 심각한 표정이었다.

"광서가 너무 힘없이 무너졌습니다. 이건… 진마벽가의 대응이 너무 안일했다고 봅니다."

호광 남부에 위치한 중급 규모의 문파를 이끄는 중년인의 말에 여기저기서 그에 호응하는 말이 튀어나왔다.

사실 호광이 너무 일찍 무너진 건 사실이었다. 아니, 무너졌다기보다는 도주했다고 해도 좋았다.

물론 단리세가는 그 말을 인정할 수 없겠지만, 호광의 무문들에겐 단리세가의 출혈은 당장 아무런 관심도 받지 못했다.

"맞습니다. 도주해 온 진마벽가의 무사들을 광서로 돌려보내야 합니다."

"저도 그게 옳다고 생각합니다. 지키지도 못할 거면 패권은 왜 차지한단 말입니까? 도처로 피난한 광서의 무문들을 규합하여 진마벽가는 다시 광서로 돌아가야 합니다."

생각보다 강경한 발언들이 튀어나왔다.
그들의 말을 들으며 무당의 장문인은 아무 말도 하지 않았다.
저들의 말이 겁에 질려 떠드는 것에 지나지 않다는 것을 알기 때문이었다.
특히 진마벽가의 사람들이 없기에 할 수 있는 말이란 것도…….
그렇게 묵묵히 눈을 감고 앉아 있는 무당 장문인에게 화살이 돌아왔다.
"그리 침묵만 지키실 일은 아니지 않겠습니까?"
이름도 잘 기억나지 않는 중급 문파를 맡은 한 문주의 말에 장문인이 눈을 떴다.
"호광의 힘으로 무엇을 할 만한 상대는 아닙니다. 십대무파에 보낸 전서에 답이 올 때까지 우리가 할 일은 없습니다."
자신의 말에 사방에서 말도 안 된다는 아우성이 들려왔지만 장문인은 다시 눈을 감고 입을 닫았다.
그런 그의 귀로 말도 되지 않는 방법들이 시끄럽게 들려왔다.
하지만 그는 아무런 말도, 반응도 보이지 않았다.

같은 시간, 무당의 한 봉우리.

"팽 도우께서 이리 발전했으리라곤 미처 생각지 못했군요."

무극검황의 말에 팽렬이 고개를 조아렸다.

"과찬이십니다. 아직 제대로 올라선 것이 아니라고 알고 있습니다."

"가주께서 그러시던가요?"

"예. 아직 다듬어야 할 것이 많다고 구박, 아니 말씀하셨습니다."

"그야 그렇겠지만, 자신감을 가지셔도 좋을 듯합니다."

확실히 이황이다.

그간 아무도 알아차리지 못했던 것에 반해 무극검황은 한눈에 화경에 올라선 팽렬의 경지를 알아본 것이다.

"그리 봐주시니 감사합니다."

정중히 포권을 취해 보이는 팽렬을 포근한 미소로 바라보던 무극검황이 단리세가의 총관에게 시선을 돌렸다.

"파평도의 눈에 근심이 가득하시군요. 지난 시간은 돌아오지 않습니다. 하니 그 근심이 앞으로 남은 시간에 대한 것이길 바랍니다."

무극검황의 말에 총관은 그저 말없이 고개를 숙여 보일 뿐이었다.

아직도 그는 태상가주와 가주, 그리고 무사들을 뒤에 두고 온 것을 괴로워하고 있었다.

원망을 받다 • 101

그 깊은 자괴감을 충분히 짐작할 수 있었지만 무극검황은 더 이상 아무 말도 하지 않았다.
 타인의 위로로 치료될 상처가 아니라는 것을 알기 때문이었다.
 그렇기에 총관에게서 시선을 돌린 무극검황이 아까부터 아무 말도 하고 있지 않은 벽갈평에게 향했다.
 "그나저나 진마벽가에 대한 원망이 많을 것입니다."
 "상관없습니다."
 "그렇게 쉽게 생각할 만한 일은 아닐 것입니다."
 무극검황의 말에 벽갈평은 희미한 미소를 지으며 고개를 저었다.
 "쉬운 일입니다. 가주께서 돌아오신다면 말입니다."
 순간 무극검황은 느낄 수 있었다. 그 흔한 호신술 하나 배우지 않은 이 노인에게서 뻗어 나오는 강렬한 자신감을 말이다.
 그리고 그 자신감이 어디에서 나오는지 어렵지 않게 짐작할 수 있었다.
 "가주님에 대한 믿음이 강하시군요."
 "믿음이 아닙니다."
 "하면 무엇입니까?"
 포근하게 미소를 짓는 무극검황의 물음에 벽갈평이 답했다.

"사실입니다. 사실은 믿음의 대상이 아니지요."
벽갈평의 답에 팽렬의 고개가 끄덕여지고 있었다.

 벽사흔과 일행이 남녕을 떠나던 날, 진마벽가에선 놀라운 일이 벌어지고 있었다.
 "혈주!"
 예고도 없이 문을 열고 자신을 부른 이는 백천이었다.
 과거의 혈황이었다면 그 죄만으로도 피를 모조리 뽑고 사지를 잘라 내 죽였을 것이다.
 하지만 지금의 혈주는 부드러운 표정으로 물었다.
 "무슨 일인가?"
 "찾았습니다."
 "찾다니, 뭘?"
 "비동 말입니다."

백천의 답에 혈주의 표정이 굳어지고 있었다.

비동은 진마벽가의 이전 장원 터가 아니라 지금의 장원에서 발견되었다.

그걸 찾기 위해 해남혈검문의 무사들은 장원의 땅을 일 장 깊이로 전부 파헤쳐 놓았다.

개중엔 해체된 건물도 부지기수였다.

비동의 입구엔 친절하게도 진마비동이란 글귀가 새겨져 있었다.

소식을 들은 진서랑도 달려왔다. 그는 지금까지 이전 진마벽가의 장원 터를 이 잡듯 뒤지고 있었다.

"이, 이게 어찌……."

진서랑은 하늘을 향해 입구를 벌리고 있는 비동을 바라보며 말을 잇지 못했다.

"이곳으로 옮겨 놓았을지도 모른다는 혈주의 말씀이 맞았습니다, 진 부문주."

"……."

진서랑은 떨리는 시선으로 비동을 바라볼 뿐, 여전히 말을 잇지 못했다.

그런 진서랑을 바라보던 혈주가 작게 웃었다.

"계속 두면 진 부문주가 벙어리가 되겠군. 문을 열지."

혈주의 말에 백천이 고개를 조아렸다.

"예, 혈주."

이내 백천의 지시를 받은 무사 둘이 커다란 망치를 가지고 비동의 입구에 섰다.

비동의 입구라고는 하지만 마치 우물처럼 테두리만 있고, 중심은 단단한 돌로 막혀 있었다.

망치는 그렇게 입구를 막고 있는 돌을 깨기 위해서 동원된 것이었다.

"깨라."

백천의 명이 떨어지고 이내 두 무사들이 망치를 힘껏 내리쳤다.

꽝, 꽝!

내력을 담아 치는 망치질이다.

웬만한 쇳덩이도 찌그러질 힘이었지만 돌은 부스러기만 날뿐, 금조차 가지 않았다.

놀라는 무사들에게 백천이 명했다.

"뚫릴 때까지 계속 쳐라."

이내 망치를 든 무사 둘이 연신 돌을 두드렸다.

그렇게 반 각(약 7~8분), 망치질을 하는 이들의 옷이 땀으로 흥건히 젖을 정도였지만 여전히 돌은 꿈쩍도 하지 않았다.

난감해하는 무사들을 중단시킨 것은 백천이 아니라 혈주였다.

"그만. 일반 돌은 아닌 모양이다. 그리 쳐서 될 일은 아니란 소리겠지."

"하오면……?"

조심스러운 백천의 물음에 혈주가 미소를 지으며 앞으로 나섰다.

"진마벽가는 도법으로 유명했지. 누가 칼 좀 가져오너라."

주변을 둘러싼 이들은 모두가 해남검문과 검각 출신이다.

무기라곤 모조리 검이니 도를 찾는 혈주에게 내줄 칼이 없었다.

결국 무사 한 명이 서둘러 밖으로 달려 나갔다.

옛 진마벽가의 장원 터를 파헤친다고 나가 있는 이들 중에 도를 가진 이들을 찾기 위해서였다.

그쪽에 배치된 이들은 해남혈검문, 정확히는 혈교에 협조하기로 한 광서 남부의 문파들에 소속되어 있는 무사들이었다.

그들에게서 도를 한 자루 빌린 무사가 돌아와 혈주에게 공손히 들어 바쳤다.

보도로 불릴 정도의 것은 아니었지만 제법 제대로 만들어진 도였다.

"좋은 도로구나."

혈주가 칼을 받아 잠시 살펴보더니 두 손으로 잡고 천천히 위로 치켜들었다.

고오오오-
 순간 주변의 기세가 혈주의 칼로 몰려들었다.
 얼마나 강한 기세인지 칼 주변의 정경이 일그러질 정도였다.
 그렇게 무지막지한 내력이 모인 칼을 혈주가 내리쳤다.
 퍽-
 어마어마한 기세가 휘몰아친 것에 비해 소리는 너무 작았다.
 무사들이 망치로 내려치는 소음에 비하면 반의반도 안 될 정도였다.
 파편이나 소음이 작았다는 것은 그만큼 힘의 타격점이 집중되었다는 증거였다.
 그걸 증명이라도 하듯 혈주가 내려친 칼은 손잡이만 남긴 채 돌 속으로 파고 들어가 있었다.
 사람들이 그 놀라운 광경을 보고 있는 와중에 도병을 중심으로 금이 가기 시작했다.
 쩌저적, 쩌적-
 우등퉁퉁퉁-
 묵직한 소음을 남기며 갈라진 돌이 무너져 내렸다.
 풀썩-
 돌이 밀고 내려가며 알싸한 공기가 위로 솟구쳤다. 오랜 시간 공기와 차단되어 쌓인 독한 기운이 올라온 것이다.

분분히 물러나는 사람들 속에서 혈주만이 움직이지 않았다.

하긴 독기 정도가 해를 입히기엔 혈주의 무공이 너무 높았다.

당장 뚫린 비동으로 내려가려는 혈주를 백천이 막아섰다.

"수하들이 할 일을 할 수 있게 해 주십시오, 혈주."

위험하니 무사들을 들여보내 수색한 후에 들어가라는 말을 참 기분 좋게 한다는 생각이 들었다.

그 탓에 혈주는 두말없이 물러났다.

"뜻대로 하라."

혈주의 허락에 백천이 몇몇 수하를 선택해 명령하자 이내 그들이 밧줄을 몸에 묶고 횃불을 들고 비동의 입구로 내려갔다.

비동의 바닥이 보이지 않으니 경공으로 몸을 날릴 수 없었던 것이다.

사람들이 지켜보는 가운데 무사들이 비동 속으로 사라졌다. 너무 어두운 탓인지 횃불은 그저 어스름히 무사들의 머리를 보여 줄 뿐이었는데, 그것도 십여 장(약 30m)을 내려가더니 곧 사라졌다.

그렇게 짙은 어둠이 무사들을 삼킨 이후에도 밧줄은 끊임없이 내려갔다.

자그마치 이십 장 길이의 밧줄이 끝까지 내려갔지만 여전히 밧줄은 무거웠다.

무사들이 다른 밧줄을 가져와 연결해 묶었다. 그러자 다시금 밧줄이 비동 안으로 내려가기 시작했다.

그렇게 두 번째 밧줄이 반 장 정도를 남겨 두고 밧줄에 가해지던 무게가 사라졌다.

밑에 닿았든지, 아니면 밧줄이 끊어진 것이다.

사람들이 비동 안으로 고함을 쳤다.

"닿았나?"

소리가 울려 되돌아왔다. 그리고 그 속에 무언가 알아듣기 힘든 소리가 딸려 올라왔다.

"웅~ 닿~ 웅~ 기~ 웅~ 시~ 웅~"

너무 많이 울려 도무지 무슨 소리인지 알아들을 수 없었지만 사람들은 안도했다.

잘못되어 줄이 끊어졌다면 저렇게 고함을 지를 수도 없을 것이란 생각 때문이었다.

그 생각이 옳았다는 것이 증명되기까진 이각 정도가 더 소요되었다.

툭툭-

밧줄이 당겨졌다. 끌어올리라는 신호였다.

백천의 명에 기다리던 무사들이 밧줄을 당겼다. 밧줄은 내려갈 때보다 쉽게 올라왔다.

아무래도 무사들이 경공으로 벽을 타고 올라오는 덕에 밧줄에 걸리는 힘이 적은 모양이었다.

그렇게 밧줄이 당겨지고, 곧 내려갔던 무사 셋이 모두 올라왔다.

"이상 없더냐?"

물음은 이제껏 지휘를 하던 백천이 아니라 진서랑에게서 나왔다.

그것만으로도 그가 얼마나 애타게 기다렸는지를 쉽게 알 수 있었다.

"함정이나 기관은 없었습니다. 다만 이십여 장 안쪽이 거대한 돌문에 막혀 있습니다. 여러 가지 노력을 기울였지만 열 수 없었습니다, 부문주님."

무사의 보고에 진서랑이 혈주를 돌아봤다.

"제가 내려가겠습니다."

"같이 갑시다."

진서랑을 대하는 혈주의 태도는 조금 모호했다.

어쩔 땐 단순한 수하로, 어쩔 댄 가까운 선배처럼, 또 어쩔 땐 지금처럼 굉장히 친한 친구처럼 말이다.

"혹시 문제가 생기면……?"

"날 곤란하게 만들 문제는 없을 거요."

혈주의 말에 진서랑이 고개를 숙였다.

"예, 혈주."

"저도 동행하겠습니다."

백천도 나섰지만 혈주가 고개를 저었다.

"누군가는 위에 남아 있어야지. 그걸 그대가 해 주시오. 관람이라면… 내가 나온 다음에 해도 상관없을 것이고."

혈주의 말에 백천은 조용히 물러났다.

"예, 혈주."

이내 진서랑이 함께 내려갈 무사들을 십여 명 정도 선택하자 밧줄들을 구한다고 잠시 소란이 일었다.

† † †

비동의 또 다른 문은 수직 입구에서 이십여 장 정도 안으로 들어간 곳에 위치해 있었다.

"동굴의 형태가… 자연 동굴 같습니다."

진서랑의 말에 혈주가 고개를 끄덕였다.

"몇 군데 손을 댄 흔적이 있지만 나머진 그런 것 같군."

"그나저나 이 문을 또 어찌 열어야 하는지 모르겠습니다."

진서랑이 바라보고 서 있는 문은 비동의 입구를 틀어막고 있던 돌보다 더 크고, 더 단단해 보였다.

"일단 같은 방법을 써 보기로 하지."

앞으로 나서는 혈주의 손에 칼이 들렸다. 미리 챙겨 온 열 자루의 도 중 하나였다.

그가 나서자 진서랑과 열 명의 무사들이 뒤로 물러났다.

하지만 혈주는 밖에서처럼 강력한 내력을 사용하지 않았다.

그럼에도 가볍게 휘두른 칼이 두꺼운 돌문을 두부 자르듯이 파고 들어갔다.

혈주는 그 상태에서 도에 내력을 쏟아부었다.

쩌저저적-

무언가 부서지는 음향과 함께 돌문에 금이 갔다.

그리고 혈주의 눈에 힘이 들어갔다. 겉으로 힘을 주는 것이 표시가 날 정도의 내력을 도에 퍼붓고 있다는 뜻이었다.

쾅-

도를 타고 퍼부어진 혈주의 내력에 기어코 돌문의 뒤가 파괴되며 내는 소리였다.

후드드드득-

폭음이 울린 직후, 문은 비동의 입구처럼 무너져 버렸다.

옷을 가볍게 털어 내는 혈주의 옆으로 진서랑과 무사들이 재빨리 다가왔다.

혹시 날아올지도 모를 기관에 의한 공격을 막기 위해서였다.

하지만 문 뒤편에선 아무것도 날아오지 않았다.

"기관은 느껴지지 않으니 걱정 마시오."

혈주의 말에 진서랑이 놀란 표정으로 물었다.

"그런… 것도 느껴지십니까?"

"뭔들 안 느껴지겠소?"

답하는 혈주의 눈 속에 든 아릿함이 진서랑의 입을 막았다. 그런 진서랑을 바라보며 혈주가 말을 이었다.

"이 몸, 아니면 기억, 그도 아니면 마음. 과연 누가 주인이겠소?"

"혀, 혈주!"

"당황할 것 없소. 이미 대법을 걸때부터 예상했던 일이니까. 아니, 그래서 대법을 걸었던 것이라는 게 맞을지도……."

알 수 없는 말을 흘린 혈주가 천천히 부서진 문 안으로 걸어 들어갔다.

당황한 탓에 늦게 그 사실을 인지한 진서랑이 황급히 그를 쫓았다.

문 안은 작은 석실 하나뿐이었다.

신비해 보였던 입구와 가로막았던 바위를 생각하면 허탈할 정도로 볼품없는 곳이었다.

혈주가 느긋하게 뒷짐을 지고 석실을 둘러보는 사이 진서랑의 명령을 받은 무사들이 사방을 뒤졌다.

그렇게 일각이 지나고 무사들이 내민 것은 작은 옥함 하나뿐이었다.

"옥함이라……."

혈주가 무사가 바친 옥함을 내려다보았다.

옥으로 함을 만든 것이 특이하긴 했지만 잠금장치 하나 없는 옥함은 별다른 특징이 없어 보였다.

그것을 열기 위해 손을 대자 진서랑이 황급히 그 손을 잡았다.

"제가… 열어 보겠습니다."

욕심 때문이 아니다.

행여 옥함 속에 든 것이 상대를 해하는 것일까 걱정하는 것일 뿐.

그걸 알기에 혈주가 미소를 그렸다.

"설마 죽기야 하겠소."

웃으며 말한 혈주가 천천히 옥함을 열었다.

뚜껑이 열리며 나타난 것은 오래되어 보이는 책자 하나뿐이었다.

한 손으로 그 책자를 집어 드는 혈주를 진서랑과 무사들이 긴장된 신색으로 바라보았다.

"흠……."

우습게도 혈주는 책이 아니라 비어 버린 옥함을 먼저 살폈다.

"흔한 그림 하나 그려져 있지 않군."

마치 실망한 듯한 혈주의 음성에 진서랑의 고개가 모로 기울었다. 혈주의 손에 들려 있는 옥함의 안을 들여다보기 위해서였다.

그 모습에 작게 웃은 혈주가 그에게 옥함을 건네주었다.

다소 당황한 표정으로 옥함을 받아 든 진서랑이 옥함을 샅샅이 훑어보는 동안 책자를 펼쳐 보았던 혈주의 입에서 다시금 침음이 흘렀다.

"흠……."

그 소리에 옥함을 살피던 진서랑과 무사들의 시선이 다시금 혈주에게 향했다.

"비급입니까?"

긴장 어린 진서랑의 물음에 혈주가 허허로운 미소를 지으며 책을 진서랑에게 내밀었다.

"직접 보는 게 낫겠소."

혈주의 말에 옥함을 무사에게 맡긴 진서랑이 책자를 조심스럽게 받아 들었다.

그리고 뚫어질 듯 책을 살피던 진서랑의 입에서도 혈주의 것과 닮은 침음이 흘렀다.

"흐음……."

그 의미를 모르는 무사들의 눈에 궁금증과 기대감이 가득 차올랐다.

그런 그들의 귀로 맥 빠진 진서랑의 음성이 들려왔다.

"이건… 기초 입문서로군요."

"진마벽가 무사들의 기본을 닦는 용도일 거요."

"이게 비동에 묻힐 만한 것입니까?"

"세상엔 기본만큼 중요한 것도 없으니까."

"하지만……."

무언가를 말하려는 진서랑에 앞서 혈주가 말했다.

"맨 뒷장을 보면 작은 지도 하나가 있소. 그곳에 표시된 곳이 진짜 비동이라는구려."

혈주의 말에 황급히 뒷장을 보았지만 진서랑의 눈엔 아무것도 보이지 않았다.

의아한 표정으로 자신을 바라보는 진서랑에게 혈주가 말했다.

"한 장이 아니라 두 장이 붙은 거요. 잘 분리해 보면 내 말을 알게 될 게요."

그 말에 진서랑이 조심스럽게 종이를 분리해 내기 시작했다.

그렇게 긴장된 시간이 반 시진 정도가 흐르고, 진서랑은 교묘하게 붙어 있던 두 장의 책장 사이에서 떨어진 작은 쪽지를 들고 있었다.

그곳엔 혈주의 말대로 진마벽가의 진짜 비동이란 글귀와 함께 간단한 지도가 그려져 있었다.

"이곳은……."

"요동이구려."

"어찌 아십니까?"

"그곳에 쓰인 백두란 이름은 장백을 동이가 부르는 이름이오."

"하면……?"

"과거에 진마가 동이 사람이란 소문이 있었소. 아무래도 헛소문만은 아니었던 모양이구려."

혈주의 말에 진서랑의 눈이 커졌다.

진마라면 중원 무림 역사의 한 장을 가득 채웠던 신인이다. 더구나 그를 인정했던 당시의 천하제일은 십전무제였다.

십전무제가 누구인가? 중원 무공의 아버지라 불리는 사람이다.

그 덕에 그는 마교의 천마, 소림의 달마, 무당의 삼풍과 함께 중원 무림의 사대사조로 불리는 인사였다.

그런 그가 인정했던 사람이 오랑캐라 불리는 동이인이라니 좀처럼 믿기지 않았다.

"저, 정말입니까?"

"이곳에 쓰인 대로라면……. 하긴 과거에 부딪쳤던 진마벽가의 고수들이 쓰던 무공은 중원의 것과 많이 달랐었소. 그들의 뿌리가 동이라면… 설명이 될 듯도 하구려."

혈주의 말에 잠시 기억을 더듬던 진서랑이 고개를 저었다.

"아니, 그럴 수 없습니다."

"왜 그럴 수 없다는 거요?"

"제가 알기로 진마벽가의 사람들은 장족입니다."

"흠… 진마가 장족의 여인과 결혼하여 아이를 낳고, 또 그

아이가 장족의 여인과 결혼하여 아이를 낳았다면 그 아이가 장족이겠소, 아니겠소?"

답은 당연히 아니다.

하지만 그것이 긴 시간 동안 이어졌다면…….

그리고 보면 백천은 진마벽가의 가주였던 벽사흔에게서 장족의 특징을 찾아볼 수 없었다고 말했다.

아니, 아니, 그는 팽가가 내세운 사람으로 진마벽가의 적손이 아니라는 소문도 있었으니 어쩌면 당연한 일인지도 몰랐다.

그렇다고 혈주의 말이 잘못되었다는 증빙은 되지 않는다.

물론 반대로 진마가 정말로 동이 사람이라고 믿을 만한 근거도 없다.

여하간 지금은 그게 중요한 것이 아니었다.

"그럼 이 책은 진짜 비동을 알려 주기 위해 남겨 놓은 것이란 소리군요."

"아마도."

"그럼 이 지도가 표시한 곳에……?"

"글쎄, 이 비동이 이곳에 있다면 이미 찾았을지도 모르겠소."

혈주의 말에 잠시 실망한 표정을 지었던 진서랑은 다시금 눈빛을 빛내며 물었다.

"하지만 비동의 입구나 이곳을 가로막은 문을 보면 결코 가까운 시간엔 열린 흔적이 없었습니다."

그 말에 혈주의 고개가 천천히 끄덕여졌다.

"틀린 소리는 아닌 듯하구려."

"하면……?"

"그대로 있을 수도 있겠지만, 난데없이 삼황이라 불릴 정도의 사람이 갑자기 진마벽가에서 나왔다면… 난 그곳이 이미 열렸다고 생각하겠소."

혈주의 말에 진서랑은 입을 다물었다. 그도 그것을 불안하게 생각하고 있었기 때문이다.

결국 진마벽가의 비동에서 얻은 것이라곤 별 소용도 없는 기초 무공서 하나뿐이었다.

들인 노력에 비해 얻은 것이 없는 만큼 상실감도 컸다.

특히 북상 일정을 며칠씩이나 늦춰 가며 들인 노력이었기에 진서랑과 백천이 느끼는 상실감은 생각 외로 컸다.

그것이 다음 날 곧바로 북상을 재개하게 만드는 단초가 되었다.

생각보다 빠른 속도로 계림을 벗어나는 이들의 뒤로 두 개의 진마벽가 장원이 타며 내는 검은 연기가 치솟았다.

† † †

무당에 십대무파의 답신이 도착했다.

그것이 해결책이길 바랐던 무당과 호광성 무문들의 대표들은 오히려 더 심각한 혼란에 휩싸였다.

 그 상황에서 마주 앉은 무극검황과 장문인의 표정은 어둡기 그지없었다.

 "마교는 어느 정도 예상했었지만… 팽가와 소림이 이럴 줄은 미처 몰랐습니다."

 장문인의 가라앉은 음성에 무극검황이 답했다.

 "상대가 상대인 까닭이겠지요."

 "어찌해야 합니까, 사숙?"

 장문인의 물음에 무극검황이 잠시 뜸을 들이다 답했다.

 "무당 혼자 막을 수 있는 이들은 아닙니다."

 "압니다. 하지만 그렇다고 저들의 말처럼 무당을 비우고 북쪽으로 피난을 떠날 순 없습니다."

 "생각이 그렇다면 답은 하나뿐입니다."

 "그 답이 무엇입니까? 빈도는 짐작하기 어렵습니다."

 장문인의 물음에 무극검황이 처연한 시선으로 그를 바라보았다.

 "짐작하기 어려운 것이 아니라, 짐작하기가 두려운 것입니다."

 "……."

 무극검황의 지적이 옳았는지 장문인은 아무 말도 하지 않았다.

그런 그에게 무극검황이 말을 이었다.

"무당을 지키면 이름을 얻겠으나 제자와 무당, 그 자체를 잃을 것입니다."

"무당, 그 자체……."

작게 중얼거리는 장문인에게 무극검황이 다시 말을 이었다.

"장문인은 이 전각이… 저 아래 펼쳐진 전각들이 무당이라 생각하십니까?"

"무슨 말씀인 줄은 압니다. 하나 그것들은 그저 건물만은 아닙니다. 무당의 역사이고, 자존심이며, 존재의 의미입니다."

"틀린 말이 아니라는 것은 압니다. 하지만 장문인, 과거 삼풍 조사께서 멀리 청해의 험산 바위 위에 앉아 이곳이 바로 무당이니라 하셨다는 이야기를 기억하십니까?"

"기억… 합니다."

"그 말씀을 다시 해 드리고자 합니다. 무당의 제자가 있으면 그곳이 무당입니다. 잘난 전각도, 오래된 편액도 아닌, 무당의 제자가 있는 곳 말입니다."

무극검황의 말에 한참 동안 갈등하던 장문인이 어렵게 입을 열었다.

"사숙의 말씀이 옳습니다. 무당의 제자가 있는 곳이, 무당의 정신이 있는 곳이 바로 무당입지요."

장문인의 말에 포근하게 짓던 무극검황의 미소는 뒤이어 나온 말에 무참히 깨어졌다.

"하나, 무당의 몸도 버릴 수 없습니다."

"장문인!"

애달픈 음성으로 부르는 무극검황의 음성에도 불구하고 장무인은 말을 멈추지 않았다.

"무당은 칼을 들어 저들을 막을 것입니다. 무당을 넘기 위해선 혈교도 그에 상응하는 피값을 지불해야 합니다. 하지만 반대로 실리를 놓칠 생각도 없습니다. 사숙, 무당의 절반을 드리겠습니다. 소림과 함께 팽가로 가십시오."

"장문인!"

이번의 음성에 실린 감정은 애달픔이 아니라 놀람과 경악이었다.

그런 무극검황의 말이 이어지기 전에 장문인의 음성이 빠르게 이어졌다.

"이것은 무당 장문으로서 내리는 명입니다. 반드시 따르세요."

반론조차 막아 버리는 장문인을 흔들리는 눈길로 바라보는 무극검황에게 장문인이 천천히 말했다.

"무당의 명예는 소질이 모두 가져가겠다는 소립니다. 하니 사숙께선 제 이름이 역사에 남게 해 주셔야 합니다. 소질의 소망입니다."

"장문인……."

"적을 피해 달아났다는 추명이 따라다닌다고 불만을 토로하실 생각이시라면 받지 않을 것입니다. 오지 않았던 이들과 힘을 합해 적도를, 혈교를 막아 주십시오. 그렇게 사숙의 이름이 다시 영명으로 빛나길 학수고대할 것입니다."

불필요한 희생이라 말해야 했지만 무극검황은 그리 말할 수 없었다. 장문인의 말이 옳다는 것을 알기 때문이다.

대무당을 아무런 저항 없이 적도에게 넘길 수는 없었다.

그렇다고 자신이 남겠다는 말도 하지 못했다.

장문인의 말이 아니어도 무극검황은 지금 같은 상황에서 자신의 가치를 잘 알고 있었다.

그의 목숨은 무당의 명예가 아니라 강호를 지키기 위해 쓰여야 했다.

그것을 알기에 장문인을 만류하려던 입을 다물고 어렵게 미소를 그렸다.

사숙의 슬픈 미소를 바라보며 장문인이 고개를 조아렸다.

"감사합니다, 사숙."

무극검황의 미소를 바라보며 장문인이 슬프게 웃었다.

자신이 해야 할 일만 아니라면 차라리 이 자리에서 죽을지언정 사질을 뒤에 두고 가고 싶지 않을 무극검황의 마음을 너무나 잘 알기 때문이었다.

장문인은 그렇게 자소궁에 남았다. 대신 무극검황이 움직이기 시작했다.

타 문파들의 처사를 배신이라 성토하던 이들의 입이 그의 출현에 모조리 닫혔다.

그런 이들을 바라보며 무극검황이 말했다.

"장문인은 무당의 제자 절반과 함께 이곳에 남아 호광을 지킬 것이오. 그리고 난 나머지 절반의 제자를 이끌고 소림으로, 나중엔 팽가로 향할 생각이오. 나와 함께할지, 아니면 남을지 선택해 주시오. 시간은 이틀을 드리겠소."

무극검황의 말에 사람들의 표정이 경악으로 물들었다.

그런 중인들을 두고 무극검황이 신형을 돌려 정청을 벗어났다.

이틀 후, 두 패로 나뉜 무당의 제자들처럼 사람들도 두 패로 나뉘었다.

삼분지 일은 장문인과 함께 무당에 남았다. 그리고 나머지 삼분지 이는 무극검황과 함께 떠나는 이들에 합류했다.

대부분의 문주들과 가주들이 몇몇 무사들과 함께 무당에 남았다.

대신 자파의 최고 고수와 뛰어난 제자들을 무극검황과 함께 떠나는 이들 속에 두었다.

그들도 아는 것이다. 자신들이 이곳에 남아야 하는 이유를.

그리고 떠나야 하는 이들이 짊어져야 하는 짐과 임무도.

남는 이도, 떠나는 이도 무거운 표정이었다.

남는다고 억울하지도 않았고, 떠난다고 반드시 살아남는 것도 아니었다.

그렇기에 나누어진 두 무리는 서로의 눈을 기억하며 헤어졌다.

무당을 떠나는 무사들의 뒤로 가솔들을 실은 수레 수천 대가 따라붙었다.

그곳엔 진마벽가와 단리세가의 수레도 함께했다. 두 세가는 무사를 뒤에 남기지 않았다.

좋지 않은 사람들의 시선에도 불구하고 벽갈평은 자신의 지위를 이용해 남겠다는 무사들을 악착같이 저지했다.

그렇게 떠나가는 이들과 달리 호광으로 들어서는 이들이 있었다.

그들은 소수의 승려들과 걸개들로 이루어져 있었다.

소림과 개방이 보낸 자파의 명예를 지켜 줄 이들이었다.

스쳐 지나가는 그들을 보면서도 떠나는 이들은 아는 체조차 하지 않았다.

부끄럽진 않았지만 그들을 붙잡고 인사를 할 만큼 자랑스럽지도 않았기 때문이다.

들어서는 이들도 마찬가지였다. 죽으러 가는 길에 떠나는 이들의 마음에 부담을 주고 싶지 않았다.

그것이 그들이 못 본 척 스쳐 지나간 이유였다.

그렇게 무극검황과 다수의 무사들, 그리고 그들을 따르는 많은 수의 가솔들이 호광을 벗어난 후 무당엔 검은 바탕에 황금색 수실로 두 글자를 수놓은 깃발이 섰다.

이른바 남련의 탄생이었다.

제97장
호광을 피로 씻다

 작은 초옥에 딸린 텃밭에서 노인 한 명이 호미질을 하고 있었다.
 뙤약볕이 내리쬐는 그 밭 가장자리에 여인 한 명이 시립해 있었다.
 노인이 밭을 다 매고 걸어 나오자 여인이 황급히 비단 수건을 내밀었다.
 그것을 받아 이마의 땀을 닦으며 노인이 말했다.
 "넌 정작 중요한 것을 여전히 제대로 짚어 내지 못하는구나."
 "예?"
 "반나절 동안 뙤약볕에서 일한 농부에겐 땀을 닦을 비단 수건보다는 한 모금의 물이 더 소중한 법이니라."

그제야 노인의 말뜻을 알아들은 여인이 황급히 물을 떠다 대령했다.

그것을 받아 마신 노인이 탄성을 발했다.

"크~ 시원하구나."

"더 올릴까요?"

"아니다. 그나저나 다른 이들은 모두 죽었다고?"

"송구합니다, 은공."

고개를 숙이는 여인, 여 부인에게 노인이 고개를 저어 보였다.

"아니다. 그래도 네 얼굴이라도 볼 수 있으니 다행이로구나."

노인의 말에 여인의 고개가 다시 숙여졌다.

"송구합니다, 은공."

"송구할 것이 무엇이겠느냐? 제대로 치수를 재지 못한 내 실수인 것을……. 그나저나 도군이란 자의 능력이 생각 이상이었던 모양이로구나."

노인의 말뜻을 알아들은 여 부인이 조심스럽게 고개를 저었다.

"그에게 당한 것이 아니옵니다."

"그가 아니다?"

"예, 은공."

"하면 누구였더냐?"

"사로잡은 자는 알지 못하는 자였사옵고, 동료들의 목숨을 취한 이는… 진마벽가의 가주였습니다."

"사로잡은 사람은 알지도 못하고, 손을 쓴 자는 진마벽가의 가주라……."

"그러하옵니다, 은공."

"네가 이전에 말했던 그자이더냐?"

자신들을 사로잡은 이는 알지 못한다고 말하였으니 지금 거론한 자는 분명 진마벽가의 가주를 뜻함이다.

그것을 알아차린 여 부인이 답했다.

"그렇습니다."

"이름이……?"

"벽사흔이옵니다."

"흠……."

그 이름을 들은 노인의 표정이 어둡고 무거웠다.

하긴 맨 처음 그 이름을 자신에게서 들었을 때 여 부인은 은공이 놀라는 모습을 처음 보았었다.

그때에 비하면 지금의 반응은 그다지 놀라울 것도 없었다.

"그자의 용모파기를 그려 오너라."

전엔 그려 오겠다는 자신에게 노인 스스로 필요 없다 했었다. 하지만 그걸 거론할 수는 없었다.

"알겠습니다, 은공."

멀어져 가는 여인을 바라보는 노인의 눈매가 가늘게 떨렸다.
"아니겠지……."
아련한 노인의 음성도 떨리는 눈매만큼 흔들리고 있었다.

† † †

해남혈검문은 홍안과 전주를 거쳐 호광으로 들어섰다.
광서 북부의 무문들이 모조리 문파를 비우고 도주한 것처럼 호광 남부도 텅텅 비어 있었다.
제법 이름깨나 알려졌다는 문파들마다 무사들을 보냈지만 그들은 모두 빈손으로 돌아왔다.
"이미 피한 듯합니다."
백천의 말에 혈주의 입가로 미소가 그려졌다.
"하긴 과거의 일을 기억한다면 도주하는 것이 맞겠지. 백부문주."
"예, 혈주."
"단리세가를 괜히 쓸어버렸다는 생각이 드는구려."
혈주의 말에 백천이 의아한 표정으로 물었다.
"반기를 든 이들입니다. 어찌 그리 생각하시는지……?"
"그들을 설득했다면… 아니 설득하지 못했다 하더라도 굳이 모두 죽이지 않았다면 지금의 일은 일어나지 않았을 것이란 생각 때문일세."

 자신이 처음 마주할 때도 과거의 혈황처럼 광기를 보이지는 않았으나 지금처럼 부드럽지도 않았다.

 그 말은 계속적으로 성품이 바뀌어 간다는 의미다.

 흘깃 자신을 바라보는 백천의 눈길을 의식한 듯 진서랑이 조심스럽게 말문을 열었다.

 "피를 갈구할 필요는 없으나, 마음을 너무 유하게 하시는 것도 좋은 일은 아니라 사료됩니다."

 "왜 그리 생각하시는가?"

 "혈주의 인정을 적은 우유부단함이라 치부할 수도 있기 때문입니다. 그리되면 자칫 흘리지 않아도 되는 피를 흘릴 수도 있음입니다."

 "부드러워져도 피를 부를 것이다?"

 "그러합니다, 혈주."

 진서랑과 백천 두 부문주의 말에 잠시 턱을 괴고 생각에 잠겨 있던 혈주가 고개를 들었다.

 "말뜻은 알아들었으나, 굳이 사나워질 필요도 없다는 생각이 드는구려. 무사들에게 명해 놓으시오. 앞으로 불필요한 살상을 금한다고 말이외다."

 혈주의 말에 백천과 진서랑, 두 부문주의 표정이 어두워졌다.

 무사의 수가 적은 해남혈검문이 다수의 무사를 보유한 중

원을 이기자면 공포와 적에 대한 말살 정책은 반드시 필요
했다.
 혈주의 말처럼 적을 살려 두면 종래엔 자신들이 감당하기
어려운 적을 마주쳐야 할 수도 있었기 때문이다.
 그 탓에 망설이는 두 사람을 지그시 바라보던 혈주가 미소
를 띠며 말했다.
 "무엇을 걱정하는지 알겠소. 하나 숫자의 우위가 소용없다
는 것을 내가 직접 보여 줄 것이니 걱정은 하지 말았으면 하
오이다."
 직접 보여 주겠단 말에 두 부문주의 고개가 숙여졌다.
 광세무적(曠世無敵)이라 불리던 혈황의 무공은 그의 기억
과 함께 그대로 지금의 혈주에게 전해졌다.
 당연히 그의 무공은 삼백 년 전, 전 무림을 공포로 몰아넣
었던 혈황의 무공과 같았다.
 그것을 사용하겠단 의미였기에 두 사람은 더 이상 아무 소
리도 할 수 없었던 것이다.
 그렇게 조금씩 변해 가며 해남혈검문이 호광의 북쪽으로
이동하고 있었다.

† † †

 그로부터 이틀 후, 벽사흔과 일행이 계림에 당도하고 있

었다.

그들은 도착과 동시에 진마벽가의 장원으로 향했다.

불타 무너진 장원 앞에서 벽사흔과 네 사람은 넋이 빠져 있었다.

"사, 사람들의 흔적을 찾아봐."

송찬의 명에 구작과 송덕생, 고록이 움직였다.

그들과 함께 세가의 잔해를 뒤지는 송찬의 표정은 절망 그 자체였다.

간신히 찾은 아내와 아들이 있던 세가의 장원이 새카맣게 불에 타 잔해만 남았으니, 그 심정은 무엇으로도 설명하기 어려웠다.

거의 반 시진을 샅샅이 뒤지던 이들이 여전히 멍하니 서 있는 벽사흔의 곁으로 다가왔다.

"흔적이 없다."

얼른 송찬의 말뜻을 알아듣지 못한 벽사흔이 멍한 시선으로 물었다.

"뭐?"

"시체는 둘째 치고, 뼈조차 남은 게 없다. 장원이 불에 탈 때 가솔들은 이곳에 없었다."

송찬의 설명에 서서히 벽사흔의 눈동자에 초점이 잡혔다.

"그 말은……?"

"탈출… 한 것 같다."

"탈출?"

"아니, 이 정도로 깨끗하려면… 탈출보다는 사전에 도주했다는 것이 맞겠지. 그러고 보니 그 많던 수레의 흔적도 보이지 않는다."

송찬의 말에 벽사흔이 송덕생과 고록을 바라보았다.

"세가를 비운 지 보름이 넘지 않았다. 흔적, 흔적을 찾아라."

"존명!"

벽사흔의 명에 복명한 두 사람이 이내 흩어져 주변에 남겨진 흔적을 찾기 시작했다.

그 움직임을 본 구작이 조용히 시내로 사라졌다. 무언가 정보를 알아보기 위해서였다.

송덕생과 고록이 흔적을 확인하기 전에 시내로 나갔던 구작이 먼저 돌아왔다.

"가솔들이 모두 떠났습니다."

"떠나?"

"예, 갑자기 떠났답니다. 그리고 사람들이 그러는데, 떠나기 전에 다른 이들이 수레를 타고 들어왔답니다."

"다른 이들?"

"정체는 알 수 없었답니다. 다만 수레에 탄 이들이 모두 노인이거나 아이들, 그리고 여인네들이었답니다. 거기다 그들을 보호하던 무사들의 나이가 너무 어렸답니다."

구작의 보고에 벽사흔이 물었다.

"하면 그들이 들어온 직후 우리 가솔들이 떠났고?"

"예, 함께 떠났답니다. 북쪽으로 가는 것 같았다는 말이 많았습니다."

구작의 말이 끝나기 무섭게 흔적을 찾아 헤매던 송덕생과 고록이 다가왔다.

"찾았습니다."

"어떻더냐?"

"남겨진 흔적대로라면 다수의 수레가 남쪽에서 들어왔고, 다시 그 수보다 늘어난 수레가 북쪽으로 빠져나갔습니다. 그리고 며칠 차이를 두고 많은 수의 사람들이 남쪽에서 들어왔습니다. 남겨진 흔적이 얕고, 보폭이 눈에 띄게 넓은 것으로 보아선 무공을 익힌 이들입니다."

"놈들이다."

벽사흔의 말에 송찬이 물었다.

"누구? 혹 검각?"

"검각뿐만이 아니겠지. 같이 움직였다는 미지의 놈들과 함께였을 거다."

"그렇다면 앞서 온 수레들은?"

"아마 단리세가였겠지."

"단리세가가 도주를?"

"우리도 했는데 그들이 못할 것도 없지. 문제는 그들이 도주를 선택했을 만큼 대단한 놈들이 누구냐는 거다."

벽사흔의 말에 구작이 조심스럽게 말했다.

"저기… 요사이 소문이 하나 돈답니다."

"무슨 소문?"

"혈교가 나타났다고… 아직 확실치는 않지만 북쪽에서 온 상인들에게서 나온 말이랍니다."

세가의 가솔들이 도주해 갔다는 북쪽에서 온 소문이란 것이 신경 쓰였다.

"혈교라고?"

"예, 가주님."

구작의 확인에 벽사흔의 시선이 송찬에게 향했다. 무언가 골똘히 생각하던 송찬이 그 시선에 고개를 끄덕였다.

"혈교라면 설명이 되겠군."

"뭐가?"

"우리보다 두려운 배후."

영복무관의 사범과 관도에게서 들었던 말이다.

송찬의 말대로 혈교를 대상으로 놓고 보면 틀린 말은 아니다.

삼백 년 전의 그 피에 절은 광기를 생각하면 진마벽가의 잔혹성은 태양 앞의 반딧불 정도에 불과할 뿐일 테니까 말이다.

"그것도 그렇겠군. 여하간 놈들이라면 단리 놈들의 도주도 이해가 가지. 그럼 단리 애들한테 소식을 듣고 곧바로 함께 도주했다는 소리가 되나?"

"아마도… 단리세가에선 네가 여기 있는 줄 알았을 테니까."

송찬의 말에 대강의 사정이 그려졌다.

그렇다면 이제 남은 건 추격뿐이다.

그걸 위해 몸을 돌리려는 벽사혼을 송덕생의 주저하는 음성이 잡았다.

"한데 저기……."

"왜?"

"이상한 것을 찾았습니다."

"이상한 것?"

"예, 전엔 본 적이 없는 우물입니다."

"우물?"

"예, 굉장히 깊어 보이는 우물이… 참! 세가 전체가 깊게 파헤쳐져 있습니다."

무너진 전각들의 잔해 때문에 잘 몰랐던 사항이 송덕생의 지적으로 모습을 드러냈다.

"아! 그건 나도 이상했다. 여기저기 땅이 파헤쳐진 흔적이 많아 보이더라."

송찬의 말에 구작도 뒤늦게 생각났는지 그에 대한 이야기를 했다.

호광을 피로 씻다 • 143

"그러고 보니 사람들이 그와 비슷한 소리를 했습니다."
"무슨 소리?"
"이곳과 저쪽 강 건너 옛 장원 터를 파헤치는 모습을 보았다고요."
"누가?"
"나중에 들어온 무사들이요."
구작의 말에 벽사흔과 송찬의 눈이 마주쳤다.
진마벽가의 장원 터를 파헤칠 이유는 하나뿐인 까닭이다.
"그 우물터로 안내해 봐."
벽사흔의 말에 송덕생이 앞장서 장원 안으로 들어갔다.

† † †

입구 주변을 정리하다 발견한 네 글자, 진마비동에 놀라 마을에서 밧줄까지 구해다 들어온 비동은 텅텅 비어 있었다.
"놈들이 다 쓸어 갔군."
아까워 죽겠다는 표정인 송찬의 말에 벽사흔이 석실 안을 둘러보며 맥없이 웃었다.
"허허, 기껏 깔고 앉아서도 몰랐다니……."
"비급… 이 있었겠지?"
"글쎄, 이렇게 애써 숨겨 놓았다면 하다못해 금붙이라도 있었겠지."

 벽사흔의 답에 송찬이 낮게 욕설을 내뱉었다.

 "빌어먹을, 조금만 더 팠으면 나왔을 텐데."

 장원 공사할 때를 말하는 것이다.

 그때 기단석을 세우며 파헤친 땅은 두 자 정도였다.

 하지만 주변 건물의 기단석 높이를 보니 비동의 입구는 일장이나 되는 깊이에 묻혀 있었다.

 고의적으로 파헤쳐 보지 않는 이상 발견하긴 어려운 깊이였다.

 그 탓에 이곳에 수백 년을 살아온 이강 장족조차 알지 못했던 것이다.

 자꾸 생각해 봐야 죽은 자식 불알 만지기다.

 애써 미련을 떨쳐 버리고 돌아서려는 벽사흔의 귀로 구작의 음성이 들려왔다.

 "이거… 구멍이죠?"

 구작이 바라보고 서 있는 벽으로 다가선 벽사흔은 실금처럼 나 있는 작은 틈을 발견했다.

 워낙 작고 얇은 틈인 데다, 울퉁불퉁한 석벽의 그늘 아래에 있어서 쉽게 발견되지 않을 것이었다.

 그도 구작이 손가락으로 가리켜서 겨우 발견한 것이다.

 "어떻게 찾았냐?"

 "손으로 쓰다듬다가요."

대부분 보이는 곳을, 그것도 벽을 쓰다듬는 이는 그렇게 많지 않다.

구작을 제외한 자신들처럼 말이다.

벽사흔은 몰랐지만 앞서 이곳을 다녀갔던 해남혈검문의 사람들도 마찬가지였다.

"흠… 벽이 갈라진 건가?"

벽사흔의 평가에 구작이 재미있다는 표정으로 말했다.

"꼭 열쇠 구멍 같지 않습니까? 그렇게 상상하니까 막 흥분되던데요."

"이렇게 생긴 열쇠 구멍이 어디 있어? 거기다 이게 열쇠 구멍일지라도 우린 열쇠가 없다고."

송찬의 타박에 멋쩍은 웃음으로 뒷머리를 긁적이는 구작을 바라보던 벽사흔이 고개를 저었다.

그 모습에 송찬이 물었다.

"왜?"

"예전에 내가 요동에서 진마벽가의 비동 하나를 발견했다고 이야기했었던 거 기억나냐?"

"그걸 어떻게 잊어. 그곳에서 얻은 비급으로 지금 같은 실력을 얻은 거라고 했잖아."

"그래. 그때 비동의 입구를 막고 있던 여러 개의 돌문들에도 이런 틈이 있었다. 그리고 그곳의 틈들은 구작의 말대로 열쇠 구멍이었어."

"그럼… 열쇠를 가지고 있는 거야?"

송찬의 기대에 찬 물음에 벽사흔은 자신의 도를 빼 들었다.

"그래."

벽사흔의 행동을 바라보던 송찬이 놀란 음성으로 물었다.

"그 칼이 열쇠인 거야?"

"아니, 이 칼만이 아니라 모든 도가 다 열쇠야."

"뭐?"

"완만하게 휘어진 도라면 상관없다고. 여긴 모르겠지만, 내가 열었던 비동은 그랬어."

말이 끝나기 무섭게 벽사흔은 자신의 도를 벽에 난 틈 속으로 밀어 넣었다.

철컥- 츠당, 척척척, 그강, 그그그그-

여러 종류의 소리가 울리더니 벽면 전체가 밀려 들어갔다.

그걸 바라보는 일행들의 눈이 점점 커다랗게 변해 가고 있었다.

† † †

무당엔 여전히 사람들이 많았다. 뒤늦게 달려온 이들도 있었지만 대부분은 명예를 위해 남은 무당의 제자들과 호광의 무사들이었다.

그들 속에 섞여 있는 승려들과 걸개들은 소림과 개방의 명예를 짊어지고 파견된 이들이었다.

그들의 대표가 모인 무당의 정청은 무거운 침묵이 내려앉아 있었다.

그 침묵을 힘겹게 부순 이는 무당의 장문인인 공현 진인이었다.

"우리 남련에 남겨진 무사들의 수는 천 명에 달합니다. 이제 이들과 함께 싸울 계책이 서야 할 것입니다."

공현 진인의 말에 소림의 무승들을 이끌고 달려온 양심당(養心堂)의 당주인 범요성승(凡饒聖僧)이 입을 열었다.

"늙어 쓸모없어진 땡추가 한마디 해도 되겠소이까, 장문인?"

범요성승의 말에 공현 진인이 황급히 고개를 숙였다.

"어찌 그런 말씀을……. 범요 사조의 말씀을 귀담아듣겠습니다."

범요성승은 당금 소림의 방장인 보혜신승의 사조다.

또한 무당의 장문인인 공현 진인의 사조와도 막역지우로 지냈던 소림승이었다.

무당과 소림이 포함된 구파일방의 관례를 떠나서도 공현 진인에게 사조의 예를 받아야 마땅한 노승이었던 것이다.

그런 그가 소림의 명예를 짊어진 승려들의 대표로 참여한 것은 그가 소림의 승려들 중 가장 높은 배분의 승려였기 때문이다.

 그가 공현 진인의 말에 미소 띤 얼굴로 말문을 열었다.

 "일단 우리가 무언가를 하기 전에 최소한 적이 어디에 있는지 정도는 알아야 하지 않겠소이까?"

 "오늘 도착한 전서에 의하면, 혈교의 무리로 의심되는 대규모의 무리가 사흘 전 통도로 들어선 것으로 알고 있습니다."

 사흘 전이면 지금은 훨씬 북쪽에 위치해 있다는 소리였다. 그 말에 범요성승이 물었다.

 "형산파는 어찌하겠답니까?"

 형산파는 남악이라고 불리는 호광 남부의 형산에 자리를 틀고 있는 문파였다.

 혈교가 북상하자면 호광 남부에선 가장 큰 걸림돌이 될 문파였기에 범요성승이 거론한 것이다.

 이 형산파는 흔히 오악검파라고도 불리는 중원의 대표적인 산중검문 다섯 곳 중 하나로, 이백 년 전부터 이들 오악검파는 화산파로 대변되고 있었다.

 스스로도 오악검파의 한 곳이었던 화산이 오악검파의 대표가 되었기 때문이었는데, 그렇다고 문파의 독립성이 완전히 상실된 것은 아니었다.

 그런 까닭에 오악검파에 속한 문파들은 제각각 자신의 영역에서 자신들만의 관계를 맺고 그 명맥을 이어 오고 있었다.

"아직… 이렇다 할 말이 없습니다."

"화산에선 뭐라 하였습니까?"

형산파의 전갈이 없다면 화산파의 전갈이 모든 오악검파의 뜻을 대변할 수 있기 때문에 묻는 것이었다.

"팽가로 화산의 모든 힘을 모으겠다고 하였습니다."

"화산의 모든 힘이라……. 아무래도 형산파는 북쪽으로 움직였을 가능성이 높겠구려."

범요성승의 말에 공현 진인은 가타부타 말이 없었다.

타파의 움직임에 이러쿵저러쿵 말을 하고 싶지 않았기 때문이다.

그런 공현 진인의 입장을 이해한 까닭인지 범요성승은 더 이상 파고들지 않고 화제를 돌렸다.

"그들이 올라올 경로를 예상할 수 있겠소이까?"

"형산파를 염두에 두고 있다면… 아마도 소동을 거쳐 형산을 지나 동정호를 건너올 것이라 예상하고 있습니다."

"동정호라……. 동정십팔채는 어찌하겠답니까?"

"그에 대한 별도의 정보는 가지고 있지 않습니다. 다만 마교에서 온 전갈대로라면 마도는 조금 더 지켜볼 생각으로 보입니다."

말이 지켜보겠다는 것이지 백도의 문파들이 심대한 타격을 입은 연후에나 발을 담글 심산으로 보였다.

이랬건 저랬건 동정십팔채는 동정호를 건너는 혈교의 무

리를 공격하지 않을 것이 분명했다.

 물론 과거의 전례상 공격한다고 해서 특별히 성공할 것 같아 보이지도 않았다.

 "그럼 우린 동정호의 건너편에서 적을 맞는 것은 어떻겠소이까?"

 "무당을… 내려가자는 말씀이십니까?"

 "한 번의 싸움으로 우리 남련의 모든 싸움이 끝나지는 않을 것이오. 하니 동정호쯤에서 우리 남련의 첫 싸움을 시작해 보는 것도 나쁘지 않을 듯하오만."

 범요성승의 말에 호응하는 호기로운 음성이 튀어나왔다. 어차피 맞을 거 빨리 맞자는 심리도 작용하고 있는 듯했다.

 굳이 그런 게 아니어도 적의 공격을 기다리기만 할 게 아니라 먼저 맞아 나간다는 것은 심리적인 안정에도 기여할 듯싶었다.

 "범요 사조님의 뜻이 그러하고, 동도들의 생각도 같다면 그리하지요. 무사들은 얼마나 동원하면 되겠습니까?"

 "기습이 주가 될 테니 발이 빠른 이들로 삼백 정도면 되지 않겠소?"

 범요성승의 말에 따라 그날 무당에 모여든 남련의 무사들 중에서 발 빠른 이들 삼백이 추려졌다.

 범요성승의 지휘 아래 삼백여 명의 무사가 무당산을 내려가던 시간, 해남혈검문은 형산의 지적인 형양에 도달하고 있었다.

"백여 명의 검수들이 머물고 있는 것이 확인되었습니다."

백천의 보고에 혈주가 담담한 음성으로 말했다.

"배첩부터 보내시오."

"무어라 보내올지……?"

"패배를 자인하고 봉문을 하든지, 아니면… 길을 열라 이르시오."

혈주의 말에 백천이 조심스럽게 물었다.

"봉문은 그렇다 하나 길을 열라는 말씀은… 차라리 죽음을 선택하라 하시는 것이…….'

"백 부문주."

"예, 혈주."

"피는 피를 부르는 법이오."

"하나 강호일통을 위해선 피가 흐를 수밖에 없는 법입니다."

"물론 그렇겠지. 하나 흘리지 않아야 할 피라면 그렇게 하는 것이 좋지 않겠소?"

마음이 좋은 것도 정도껏이다. 강호일통을 부르짖으며 나선 효웅이 도사나 승려의 마음이라면 그것은 자신들에게 꽤나 커다란 문제로 돌아올 것이었다.

그것을 백천이 조심스럽게 지적했다.

"가능하다면 피를 흘리지 않는 것. 혈주의 말씀대로 가장 좋은 길입니다. 하나 저들을 뒤에 놔두고 지나간 연후, 우리의 앞길을 막아서는 이들과 마주친 상황에서 저들이 우리의 뒤를 위협한다면… 호미로 막을 걸 가래로 막게 될 것입니다, 혈주."

"호미와 가래라……."

"예, 저들의 목숨을 지켜 주려다 우리 무사들의 목숨이 사라진다는 말씀입니다."

백천의 말에 잠시 갈등하던 혈주의 고개가 끄덕여졌다.

"그대의 뜻대로 하라."

"감사합니다, 혈주."

고개를 조아리는 백천의 표정이 복잡했다. 선한 혈주를 자신이 악의 구렁텅이로 밀어 넣는 듯한 느낌 때문이었다.

이 일에 참여하며 자신이 이런 일을 하게 될 줄은 전혀 예상도 하지 못했던 백천이었다.

그날, 백천이 작성한 배첩을 든 해남혈검문의 무사가 형산으로 올랐다.

하지만 그 무사는 저녁나절 목 없는 시신이 되어 말에 실려 내려왔다.

백천이 피의 복수를 외치기도 전에 분노한 혈주의 명이 떨어졌다.

오백의 무사들이 형산파로 몰려든 것은 해가 완전히 지고 달이 뜬 시간이었다.
 그들의 뒤를 혈주가 천천히 따랐다.
 호광 혈세의 시작이었다.

제98장
거짓을 구별하다

 형산파는 무거운 침묵과 팽팽한 긴장감으로 가득 차 있었다.

 삼백에 달하는 제자들 중 현재 형산에 남아 있는 이들의 수는 겨우 칠십 남짓이었다.

 나머지 제자들의 대부분은 화산으로 갔고, 일부는 강호행에서 아직 돌아오지 않았다.

 그럼에도 불구하고 혈교의 요구를 거절하고, 사절의 목까지 베어 보낸 이유는 이곳에 있는 이들이 죽기 위해 남겨진 사람들이었기 때문이다.

 이들은 형산, 나아가 오악검파의 명예를 짊어지고 이곳에서 죽기로 했다.

그 탓에 검을 들고 접객당 앞 대연무장에 늘어선 이들에겐 검집이 보이지 않았다.
 뽑은 검을 살아서 다시 집어넣을 일이 없기 때문이다.
 그들에게 남겨진 것은 적을 맞아 싸워 승리를 거두는 것이 아니라 오로지 형산파의, 오악검파의 명예를 가르쳐 주는 것뿐이었다.
 그것을 위해 이들이 할 일은 최후의 일인까지 적을 베고, 또 베는 일이었다.
 그들의 기다림이 반 시진을 넘고 드디어 함성과 함께 적이 쏟아져 들어왔다.
 "형산의 명예를 위해!"
 선두에 서 있던 장문인의 명에 칠십여 형산파 검수들이 일제히 검을 치켜들고 외쳤다.
 "명예를 위해!"
 이내 칠십 명 형산파 검수들과 오백 해남혈검문 무사들의 혈투가 벌어졌다.
 죽이고자 하는 이들과 죽고자 하는 이들의 싸움은 사납고 거칠었다.
 특히 살기 위해 검을 든 것이 아니라 죽고자 검을 든 형산파 검수들의 전투는 처절함 그 자체였다.
 그들은 상대의 검에 맞는 걸 전혀 두려워하지 않았다.
 적의 목을 벨 수만 있다면 상대편의 검을 맞는 것쯤은 아무렇지도 않다는 듯이 움직였다.

그 탓에 쓰러지는 형산파 검수들의 몸엔 서너 자루의 검이 박히기 일쑤였고, 그런 이들에게 죽임을 당하는 해남혈검문 무사들의 수는 쓰러진 형산파 검수들의 수보다 배는 많아 보였다.

그 모습은 천천히 올라온 혈주에게 분노를 사기에 충분했다.

"모두 물러서라!"

혈주의 명에 상대를 밀어낸 해남혈검문의 무사들이 분분히 뒤로 물러나자 혈주가 앞으로 나섰다.

"누구냐!"

온몸에 피칠갑을 한 형산파 장문인의 물음에 혈주가 답했다.

"너희를 지옥으로 안내할 사람."

"그럼 다, 당신이… 혈황! 흠… 좋아. 기다리던 바다. 오라!"

겁을 먹을 거란 생각은 하지 않았다 하지만 적어도 긴장은 할 줄 알았다.

그러나 형산파의 장문인은 전의를 불태웠다.

그런 그를 바라보며 작게 웃은 혈주가 검을 들었다.

"오라니 가지."

말이 끝나고 한 행동은 한 발자국을 떼는 것이었다.

하지만 그것으로 그가 움직인 거리는 이십여 장이었다.

그리고 그 안에 든 모든 이들의 목이 바닥을 구르고 있었다.

그 모습을 바라보는 해남혈검문 무사들은 놀란 입을 다물지 못했고, 목이 바닥을 구르고서야 자신의 머리가 잘려 나갔다는 것을 알아차린 이들의 눈도 경악으로 가득 차 있었다.

그날 형산에 남아 있던 형산파의 제자들 중 살아남은 사람은 아무도 없었다.

† † †

호광성 관부의 최상층부를 이루는 순무처에 네 사람이 마주 앉았다.

순무인 구자명, 우포정사인 이겸령, 도지휘사인 갈요, 안찰사인 구확이 바로 그들이었다.

호광성의 행정, 군사, 치안의 최고위자들이 모두 모인 자리였다.

한 사람만 나타나도 만인이 벌벌 떨 인사들이 한자리에 모인 이유는 오로지 하나였다.

"통도부터 형양과 형산까지, 그들로 죽어 간 이들의 수가 물경 이백에 달합니다."

굳은 표정인 구확의 말에 우포정사인 이겸령이 물었다.

"그래서요?"

"사람들이 죽어 나가고 있단 말입니다. 한데 그래서라니요?"

"죽은 이들은 모두 강호인들이에요. 어차피 저들끼리 죽고 죽이는 이들이란 말이지요. 굳이 그들의 죽음에 관심을 가질 이유는 없다고 생각합니다."

"강호인이든 강도이든 폐하의 신민임은 모두 다 같습니다. 그런데도 그냥 두고 보란 말씀이십니까?"

"저들의 싸움입니다. 고래로부터 관은 강호의 일에 관여치 않았어요. 더구나 필에서 내려온 명을 잊지 말아야 한다고 봅니다."

호광에서 필의 명을 대변하는 이는 우포정사인 이겸령이다.

그 탓에 그의 발언은 꽤나 강력한 힘을 갖고 있었다.

필에 끼치는 그의 영향력을 알기에 다른 이들이 그의 말에 양보하는 편이었다.

한데 다른 날과 달리 오늘은 안찰사인 구확이 그렇게 물러서지 않았다.

"하니 잘못된 명을 그대로 따르라 그 말씀이오?"

"구 안찰사! 잘못된 명이라니요. 그건 필의 정의로움을 모독하는 언사입니다."

차고 날카롭게 반응하는 이겸령을 바라보는 구확의 시선은 싸늘했다.
"내가 필에 몸을 담고 있긴 하나 그건 어디까지나 필이 의와 충에 부합되기 때문이오. 그것을 떠난다면 내가 몸을 의탁할 필요가 없을 것이외다!"
"지금 필의 처사가 의와 충에 어긋났다고 말하는 게요!"
두 사람의 음성이 높아지고 감정이 깨어지자 순무인 구자명이 끼어들었다.
"자자, 그만 마음들을 가라앉히시구려. 지금은 우리끼리 싸움을 하자고 모인 것이 아니질 않소."
순무의 말에 마지못해 입을 닫았으나 두 사람은 서로에게 시선도 주지 않았다.
그 모습에 낮게 한숨을 내쉰 순무가 조용히 앉아 있는 도지휘사 갈요에게 물었다.
"갈 도지휘사는 어찌하였으면 하오니까?"
"난 황제 폐하와 좌군도독부로부터 아무런 명령도 받지 못하였습니다. 아울러 순무께서 지원을 청한 것도 없지요. 달리 할 말이 없습니다."
명령이 내려오지 않는 한 자신은 상관없다는 뜻이다.
명령에 죽고 산다는 무장다운 말이지만 지금의 상황에서는 오히려 답답한 생각이었다.
"하아~ 이거 참……."

순무로서는 판단력이 뛰어난 좌포정사의 부재가 아쉬울 수밖에 없었다.
 사실 지금의 자리도 좌포정사의 권유로 갖게 된 것이었다.
 좌포정사는 순무인 자신에게 보낸 전서에서 지금 일어나고 있는 혈사를 그냥 둘 경우 훗날 자칫 감당하기 어려운 후폭풍을 맞을지도 모른다는 말을 전해 왔던 것이다.
 결국 순무는 좌포정사를 극도로 경계하는 우포정사가 자리하고 있음에도 그의 말을 꺼낼 수밖에 없었다.
 "사실 좌포정사가 이번 일에 대해 크나큰 우려를 표해 왔소이다."
 "우려? 좌포정사가 우려할 것이 무엇이란 말입니까?"
 예상대로 우포정사의 날카로운 음성이 터져 나왔다. 그런 그를 손짓으로 저지한 순무가 말을 이었다.
 "일단 들어 보시구려. 좌포정사는 지금 이 일을 그대로 방치할 경우 훗날 감당하기 힘든 후폭풍이 몰아닥칠 수 있다고 경고해 왔소."
 "그 후폭풍이란 것이 무엇인지도 말했습니까?"
 안찰사의 물음에 순무가 고개를 저었다.
 "전서엔 그것에 대해 거론되어 있지 않았소."
 "알지 못하는 것이지. 그냥 떠들어 대는 말일 뿐입니다."
 우포정사의 핀잔에도 불구하고 순무는 꽤나 심각한 표정으로 말을 이었다.

거짓을 구별하다 • 163

"내가 생각하기로는 혈사의 범위나 규모가 커질 것을 염려하는 것이 아닐까 싶소."

"혈사의 규모가 커져 봐야 강호 야인들의 일입니다. 우리에게 후폭풍이 몰아닥칠 것이 무에 있단 말입니까?"

우포정사의 거듭된 딴죽에 눈살을 찌푸린 안찰사가 자신의 생각을 말했다.

"후폭풍이라 말하였으니 사태의 확산보다는 그 이후의 일을 지칭하는 듯합니다."

"그 후의 일이라……?"

"예. 예를 들면 황상께서 이번 일을 뒤늦게 아셨을 때 같은 것이지요."

안찰사의 말에 순무의 표정이 굳었고, 우포정사조차 아무말도 하지 못했다.

그런 이들 속에서 도지휘사의 앓는 소리가 흘러나왔다.

"그리되면 우린… 죽은 목숨이군."

도지휘사의 말에 반사적으로 우포정사의 음성이 튀어나왔다.

"무, 무슨 말도 안 되는. 필에서 그리 두지는 않을 것이오."

"과연 그때도 우리를 보호해 줄 수 있겠소? 자신들의 목숨을 돌보기도 어려울 터인데 말이외다."

안찰사의 핀잔에 우포정사는 흔들리는 눈빛으로 답을 하

지 못했다.
 그런 우포정사를 일별한 순무가 안찰사에게 물었다.
 "하면 방책이라도 있는 게요?"
 "당장 우리가 그들의 앞을 막을 수 없다는 것은 압니다. 저도 현실을 무시할 수 없다는 것쯤은 알고 있으니까요."
 "하면 어찌하자는 말씀이오?"
 "나중에 우리만 뒤집어쓰지 않자면… 물어야 하겠지요."
 "묻는다? 누구에게 말이오?"
 "필의 일이니 필주께 여쭈어야 하지 않겠습니까?"
 안찰사의 말에 사람들의 시선이 우포정사에 몰렸다. 호광에서 필과의 업무는 모두 그의 담당이었기 때문이다.
 사람들의 시선에 우포정사가 당황한 음성으로 물었다.
 "지, 지금 피, 필주께 팔밀이를 하자는 말씀이시오?"
 "팔밀이가 아니라, 정확한 판단을 요청하자는 말이외다. 그냥 둬도 될지, 아니면 손을 대서 정리를 할지 말이외다. 이쪽의 정확한 현황은 필주께서도 모르시지 않겠소. 하니 자세히 알려 드리고 명을 받자는 말이외다."
 말장난이다. 솔직히는 우포정사의 말대로 팔밀이일 뿐이니까.
 자신들이 묻고, 필주, 그러니까 신국공이 답한다면 추후 일이 잘못되었을 때 그 답신이 자신들을 지키는 방패가 될 것이니 말이다.

그걸 알면서도 우포정사는 끝까지 반대하지 못했다.

그 방패로 보호받는 이들 속에 자신도 포함됨을 알기 때문이었다.

결국 그날 호광성 순무처에서 꼬리에 빨간 표식을 단 전서응이 날아올랐다.

† † †

비동의 비처에서 발견한 것들을 갈무리한 벽사흔과 일행은 곧바로 북상했다.

발견물들의 가치를 살피고 그 진가를 판별하고 있기엔 그들이 처한 상황이 너무 긴박한 까닭이었다.

그렇게 계림을 떠난 벽사흔 일행이 광서와 호광의 경계를 넘던 날, 형산파의 사백 년 역사가 검붉은 불길에 휩싸였다.

그 소식은 빠르게 퍼졌다.

특히 형산파의 상황에 촉각을 곤두세우고 있던 무당엔 바람에 휩쓸려 퍼져 나가는 연기보다 빠르게 전달되었다.

"형산파가 불탔습니다."

무당 장문인 공현 진인의 말에 사람들의 표정이 굳어졌다.

"범요성승께는 소식이 전해진 겝니까?"

무당에 남아 있던 한 문주의 물음에 개방의 걸개들을 이끌고 달려온 주삼개(酒參丐) 장로가 답하고 나섰다.

"이미 그쪽으로도 소식이 전달되었을 것입니다."

남련에 전달되는 정보는 모조리 개방을 통하고 있었다.

그것을 위해 개방의 걸개들은 목숨을 걸고 혈교 무리를 지근거리로 추적 중이었다.

"그렇지 않아도 묻고 싶었던 것이 있었는데 주삼개 장로께서 나서신 김에 여쭙겠습니다.

"말씀하시오?"

"저들이 자신들을 해남혈검문이라 칭한다던데, 맞습니까?"

물어 온 이는 호광의 가장 남쪽, 강화에 자리하고 있던 화령검문의 문주였다.

그의 질문에 당황한 표정의 주삼개가 공현 진인을 바라보았다.

그의 시선에 잠시 갈등하던 공현 진인이 결심한 듯 답을 대신했다.

"그에 대한 답은 제가 대신하겠습니다."

사람들의 시선이 공현 진인에게 모여들었다. 그 시선을 받으며 공현 진인이 천천히 말을 이었다.

"화령검문의 문주께서 물으신 대로 저들은 스스로를 해남혈검문이라 칭하고 있는 것으로 파악되고 있습니다."

공현 진인의 답에 또 다른 이가 물었다.

"하면 혹 그들과 해남검문이 무슨 관계라도 있는 것입니까?"

"저들이 내세운 깃발을 분석한 결과, 해남검문의 것과 유사하다는 결론이 떨어졌습니다. 그리고……."

잠시 말을 끊는 공현 진인의 입에 모든 이들의 시선이 집중되었다.

그들의 시선만큼 부담스러운 이야기를 공현 진인은 무거운 음성으로 꺼내야만 했다.

"해남검문의 문주인 벽파검웅(碧波劍雄)의 모습이 목격되었다는 보고도 있었습니다."

"아……."

이곳저곳에서 신음 같은 탄식이 흘러나왔다.

당금의 십대무파에는 빠져 있었지만 해남검문은 언제라도 그 안으로 진입이 가능할 만큼 강력한 능력을 가진 곳이었다.

실제로도 결군의 사후, 개방의 자리에 진마벽가와 함께 가장 많이 거론된 곳이 바로 해남검문이었을 정도였으니 그들의 강력한 세력은 굳이 세세한 설명이 필요 없을 정도였다.

"그럼 해남검문이 혈교에 합세했다는 소립니까?"

"그게… 아무래도 해남검문이 혈교 자체인 듯합니다."

공현 진인의 답에 여기저기서 웅성거림이 일었다. 본토에선 떨어져 있다고는 해도 중원 무림계에 속하는 해남검문이다.

또한 그들의 역사가 그리 짧지도 않았다.

그런 이들이 혈교 그 자체라니, 사람들이 선뜻 이해하지 못하는 것도 어쩌면 당연했다.

"그간의 주변 정보와 정탐 보고를 취합하면 어떤 계기, 어떤 경로를 통한 것인지는 알 수 없지만, 그들이 혈교 그 자체인 것은 논란의 여지가 없어 보입니다."

곤란해하는 공현 진인을 대신해 설명을 하고 나선 것은 개방의 주삼개 장로였다.

"하면 우리가 이렇게 두려워하지 않아도 되는 게 아닙니까? 해남검문이 강력한 문파이긴 하지만 난 그들의 저력이 무당의 힘을 넘어선다고는 믿지 않습니다. 하물며 호광의 전 무문들이 이렇게 소매를 걷어붙이고 나선 상황에서는 그대로 격파가 가능하지 않겠습니까?"

화령검문주의 말에 여기저기서 '옳소'란 말이 터져 나왔다.

그들의 반응을 어느 정도 예상했던지 주삼개 장로는 담담한 표정으로 그 물음에 답을 했다.

"이미 소식을 들어 아시는 분들도 있겠습니다만… 남녕과 합산의 중간쯤에서 단리세가가 해남혈검문을 막아섰었습니다."

주삼개의 말대로 이미 그 결과를 아는 이들은 침통한 표정으로 입을 다물었고, 처음 듣는 이들은 강력한 희망을 표정에 담았다.

진마벽가에 고개를 숙였다지만 단리세가는 당당히 십대무파에 이름을 올릴 만큼 뛰어난 문파였다.

더구나 그곳엔 십대고수인 도군이 버티고 있었다. 그것을 잘 알기에 갖는 희망이었다.

그 희망을 산산이 부숴 버려야 하는 자신의 처지를 저주하며 주삼개가 천천히 말을 이었다.

"도군 휘하, 단리세가의 삼백여 고수들이 전멸당했습니다."

주삼개의 말에 회의장에 차가운 정적이 내려앉았다. 그 정적을 깨고 주삼개의 음성이 이어졌다.

"지금까지의 정보를 토대로 하면 해남검문, 아니 이젠 해남혈검문이라 불러야겠습니다만……. 흠흠, 해남혈검문 무사들이 혈교의 무공을 완전히 익힌 것은 아닌 듯합니다. 하지만 지속적으로 올라오는 보고대로라면 분명 그들의 실력은 알려진 것보다 뛰어납니다. 지금까지 해남혈검문이 잃은 무사들의 수는 대략 이백을 조금 넘는 것으로 파악됩니다만, 문제는 그들의 대부분이 자발적, 또는 압력에 의해 해남혈검문에 흡수된 광서 남부 무문들의 제자들이라는 것입니다."

"그 말씀은……?"

"해남혈검문의 제자들은 지금까지의 싸움에서 별다른 피해가 없었다는 뜻입니다. 특히 개방도가 발견한 도군의 시신에 남겨진 검상은 단 일수에 의한 것이라는 점을 알려 드립니다."

"도군을 일수에……."

홍수를 짐작하는 것은 어렵지 않았다. 잠시 잊고 있었던 혈황에 대한 두려움이 파도처럼 중인들을 덮쳐 왔다.

"혈… 황의 무공이 그럼 삼백 년 전과 같다고 보시는 겁니까?"

누군가 떨리는 음성으로 물어 왔다. 그 물음에 주삼개는 머뭇거리며 답했다.

"정확한 것은 알 수 없습니다. 우리는 당시 도군께서 얼마나 지쳐 있었는지도 알지 못하고, 어떤 상태에서 대결이 이루어졌는지도 알지 못합니다."

"하면 정확한 건 무엇입니까?"

"혈교의 이름이 해남혈검문이 되었다는 것과 그들의 주인을 혈황이 아니라 혈주라 부른다는 것입니다."

주삼개의 답에 사람들의 표정이 어두워졌다.

잠시 해볼 만하다고 생각했던 상대가 다시 처음처럼 상대 불가의 괴물로 변해 버린 까닭이었다.

특히 도군을 일수에 베어 버렸다는 혈황의 존재감이 그 두려움을 더하고 있었다.

그런 이들에게 주삼개는 차마 검각까지 합세했다는 말을 하지 못하고 주저했다.

그런 주삼개를 공현 진인이 도왔다.

"한 가지 더 알고 계셔야 할 것이 있습니다."

공현 진인의 말에 사람들의 시선이 주삼개에서 그에게로 옮겨졌다.

그렇게 중인들의 시선을 받으며 공현 진인이 어렵게 말을 이었다.

"검각이……."

"아! 검각. 검각은 어찌 잘 피한 것입니까?"

"설마 그들조차 진마벽가처럼 도주를 택한 것입니까?"

여기저기서 질문이 터져 나왔다.

그런 이들은 하나같이 허리에 검을 패용하고 있었다.

그만큼 검객들에게 검각이 주는 의미는 예사롭지 않았기 때문이다.

그런 이들에게 공현 진인은 잔혹한 소식을 전했다.

"검각이… 저들에 합류하였습니다."

또다시 장내는 찬물을 끼얹은 것처럼 싸늘한 정적에 휩싸였다.

검각이 뛰어난 문파임은 맞다. 그러나 그들이 합류했다고 상대의 전력이 어마어마하게 뛰어오르는 것은 아니었다.

그럼에도 이렇게 충격이 큰 것은 검각이 중원 무림에서 갖는 의미 때문이었다.

화산을 비롯한 오악검파, 나아가선 무당조차 순순히 인정하기 어렵겠지만 중원 검가 종주라 불리던 곳이 바로 검각이었던 까닭이다.

 특히 검을 가진 이들은 얼굴이 하얗게 질릴 정도로 커다란 충격에 휩싸여 있었다. 그런 이들을 충격에서 빠져나오게 하기 위해 공현 진인이 서둘러 말을 이었다.

 "하나 화산을 중심으로 하는 오악검파는 모두 뜻을 모았습니다. 또한 우리 무당도 그러합니다. 검가 종주라 주장하는 이들이 아직 충실히 버티고 있다는 것을 검문의 문주들께선 잊지 않으셨으면 합니다."

 공현 진인의 말에 검문 문주들의 표정이 조금은 풀어진 듯 보였다.

 하지만 아직 그들의 눈동자는 여지없이 흔들리고 있었다.

 단지 그 말만으로 충격에서 벗어나기엔 그간 검각이 끼쳐온 영향이 너무 깊고 방대했다.

† † †

 무당에 남아 있는 이들이 충격에 휩싸여 있던 그 시간, 범요성승을 비롯한 삼백의 남련 고수들이 모여 있는 감리도 형산의 일을 보고받고 있었다.

 "하면 어디로 움직이고 있는가?"

 범요성승의 물음에 소식을 전하러 온 걸개가 빠르게 답했다.

"예상대로 동정호 쪽으로 이동 중입니다."

"동정십팔채의 움직임은 어떠한가?"

"이미 오 일 전부터 모습을 보이지 않고 있습니다. 모두 수채에 틀어박혀 있는 모양입니다."

"저들이 수채를 공격할 가능성에 대해선 조사해 보았는가?"

"해남검문이 포함된 이상, 수전 능력도 있을 것으로 판단됩니다. 다만 그것을 가능하게 할 선박을 구하기 어렵다는 것이 가장 큰 문제입니다. 그리고 아시겠지만, 바다에서의 싸움과 강과 호수에서의 싸움 형태가 다르다는 것도 걸림돌이 될 것입니다."

"시주의 말을 들으니 어째 개방은 저들이 동정십팔채를 건드리지 않고 동정호를 건널 것으로 보는 모양이로군."

"그리 판단하고 있습니다."

"혈교일세. 그리 쉽게 지나갈 이들이 아니란 소리지."

범요성승의 지적에 개방의 걸개가 조심스럽게 답했다.

"삼백 년 전의 혈교와는 조금 달리 행동하는 것으로 파악되고 있기에 내린 결론입니다."

"삼백 년 전과 다르게 움직인다?"

"예, 성승."

"소상히 말해 보게."

범요성승의 물음에 걸개의 설명이 이어졌다.

"일단 항복할 시간을 줍니다. 형산파의 경우엔 배첩까지 보낸 것으로 파악되고 있습니다."

"배첩까지!"

"예. 무조건 피부터 봤던 삼백 년 전과는 분명 다릅니다."

"흐음……."

걸개의 답에 잠시 침음을 흘리며 생각에 잠겨 있던 범요성승이 고개를 저었다.

"그렇다고 뒤를 정리하지 않을 리 없네. 동정십팔채를 주시하게. 저들은 절대로 그냥 지나가지 않을 걸세. 만약 동정십팔채가 공격당한다면……."

범요성승의 말에 걸개가 굳은 표정으로 답했다.

"마교가 더 이상 외면하고 있을 순 없겠군요."

"그렇지. 어쩌면 우리에겐 그것이 더 좋을지도 모르겠네."

아무리 죄를 많이 짓는 마도인들이라고는 하나 불제자로서 그들이 죽길 바라야 하는 자신의 처지에 범요성승의 표정은 자괴감으로 가득했다.

그런 범요성승의 고뇌를 알기에 걸개는 곧바로 고개를 숙여 보였다.

"주의 깊게 살펴보겠습니다. 한데 만약 동정십팔채가 동조라도 하면 어찌하올지……?"

"그러지 않길 바라야겠지. 만에 하나 그런 일이 벌어진다면… 마교도 우릴 노린다고 볼 수밖에 없는 것이겠지. 그리

되면 우린 남과 북에서 모두 강적을 맞아야 할 걸세."

정말로 그리된다면 백도는 사실상 사형선고를 받는 것과 같았다.

절대로 홀로 막지 못할 적과 이전부터 버거웠던 적을 동시에 맞는다는 것은 중원 백도의 괴멸을 뜻하기 때문이다.

"하면… 총타에 마교도 주시하라 전하올까요?"

걸개의 물음에 범요성승이 고개를 저었다.

"그냥 두게. 어차피 통상적인 경계는 펼치고 있을 터, 괜한 움직임을 보여 자극할 필요는 없을 테니."

"알겠습니다. 하면 소인은 다시 돌아가 보겠습니다, 성승."

"수고하게."

자신의 배웅을 받은 걸개가 돌아가자 범요성승은 감리의 한 무관에 머물고 있던 고수들을 불러 모았다.

"저들이 형산을 통과했소."

범요성승의 말이 무엇을 뜻하는지 알아들은 이들의 표정이 어두웠다.

그런 이들을 바라보며 범요성승의 설명이 이어졌다.

"현재는 우리의 예상대로 동정호 쪽으로 이동 중이며, 동정십팔채는 오 일 전부터 모습을 감춘 채 아직 움직임을 보이지 않고 있다 하오."

"하면 우린 어찌합니까?"

"저들이 동정호를 건너길 기다려야 할 것이오."

"만에 하나 저들이 동정십팔채를 공격하거나 그 반대의 상황이 벌어지면 어찌합니까?"

무사들 중 한 명의 물음에 범요성승이 희미한 미소를 지으며 답했다.

"그들을 도와야 할 것이오."

"그들이라면… 동정십팔채를 말씀하시는 것입니까?"

"그렇소."

"굳이 도와야 할 필요가 있겠습니까?"

마도의 무리를 도와야 한다는 것이 쉽게 받아들여지지 않는 것이다.

그 마음을 이해하기에 범요성승은 담담한 음성으로 무사들을 설득해 나갔다.

"우선 그들을 도움으로써 우린 두 가지 이득을 얻게 될 거요."

"그것이 무엇입니까?"

"첫쨴 전력의 상승이오. 우리 홀로 움직이는 것보단 아무래도 저들 동정십팔채와 함께 대항하는 것이 더 강한 힘을 낼 테니까 말이요."

범요성승의 말에 고개를 끄덕이는 이들이 많았다. 그런 이들 속에서 질문이 이어졌다.

"그럼 두 번쨴 무엇입니까?"

"우리가 돕는다고 동정십팔채가 살아남긴 어려울 거요. 하니 모두 죽든가, 아니면 우리와 함께 도주하게 될 것이오. 그러면 마교와 마도는 지금의 일을 더 이상 외면할 수만은 없게 되오. 그렇게 마교가, 마도가 나서게 되면 그들은 우리가 동정십팔채를 도운 전례로 인해 백도와 손을 잡을 명분이 생길 것이오."

여기 모여 있는 삼백의 무사는 물론이고, 무당에 남아 있는 이들, 그리고 팽가로 속속 집결 중인 백도인들은 모두 알고 있었다.

자신들, 백도만으로 해남혈검문의 준동을 막을 수 없음을.

그렇기에 삼백 년 전처럼 마교가 중심이 된 마도의 도움을 간절히 원하고 있었다.

그것의 물꼬를 틀 수만 있다면 이곳 감리에 모여 있는 삼백의 무사들은 죽음조차 달게 감수할 용의가 있었다.

"무슨 말씀인지 알겠습니다."

고개를 끄덕이는 무사들의 표정에 결의가 가득했다.

그것을 바라보는 범요성승의 얼굴에도 그들과 마찬가지의 결의가 서려 있었다.

하지만 범요성승은 걸개가 남기고 간 말의 여운을 아직도 잠재우지 못하고 있었다.

삼백 년 전과 달리 움직이고 있다는 해남혈검문의 움직임을……. 그것이 거짓인지, 아니면 정말 바뀐 것인지 범요성 승은 구별해 낼 수 없었다.

 호광에 들어선 벽사흔과 일행은 해남혈검문의 이동에 관한 소문을 접할 수 있었다.
 광서에서 듣던 것에 비하자면 제법 소상한 내용을 담고 있는 소문들이었다.
 그리고 그 소문 속에서 벽사흔은 그렇게 애타게 찾던 것을 알아냈다.
 "무당을 떠나 소림으로 향한다?"
 "예, 그리 소문이 퍼졌습니다. 우리 진마벽가와 단리세가의 가솔들뿐만이 아니라 호광 무문들의 가솔들까지 이동하는 탓에 워낙 이동하는 사람들의 수가 많아져서 소문이 퍼져 나온 모양입니다. 그 소문이 말하는 목적지는 일관되게 소림을 가리키고 있습니다."

송덕생의 보고에 벽사흔이 잠시 자신이 들은 소문과 송찬, 고록, 그리고 구작이 전해 준 정보들을 취합하여 핵심을 추려 내었다.

"내가 들은 소문도 그렇고, 송찬이나 고록, 구작, 더불어 너까지 백도가 집결하는 곳은 팽가라 했다."

"그렇습니다, 가주님."

송덕생의 수긍에 벽사흔의 말이 이어졌다.

"그런데 우리의 가솔을 비롯한 호광 무문들의 가솔들이 팽가보다 남쪽에 위치한 소림으로 향한다? 이건 말이 되지 않아."

벽사흔의 말에 송찬이 고개를 끄덕였다.

"그건 네 말이 맞는 것 같다. 팽가에서 결전을 벌일 생각이라면 소림이 있는 숭산은 혈교, 아니 이번엔 해남혈검문이라고 했던가? 그놈들의 수중에 떨어질 거다. 그런 지역으로 피신한다는 것 자체가 말이 되지 않아."

그 말이 타당했던지 송덕생이 조심스럽게 말했다.

"혹 소림이 중간 기착지일 수도 있지 않겠습니까?"

"중간 기착지?"

"예. 소문에 따르면 가솔들이 피난에 오른 무문들이 늘어나고 있습니다. 그들이 모두 팽가로 피신할 순 없을 겁니다."

"그야… 그렇겠지."

"그러니 소림에서 나누어 후방 지역으로 이동시킨다면……. 아시겠지만 소림의 속가는 대부분 북직례와 남직례에 퍼져 있습니다. 그렇게 나누자면 소림이 있는 숭산이 가장 이상적인 지역입니다."

북직례와 남직례, 이른바 황제의 땅이다.

관부와의 전면전을 각오한 것이 아니라면 그곳으로 피한 민간인, 물론 강호 무림인들의 가족이라지만 관부의 입장에선 분명 민간인들이다.

그런 이들을 해남혈검문이 손을 댈 순 없었다.

송덕생의 말에 벽사흔과 송찬의 고개가 끄덕여졌다. 충분히 가능성이 있는 이야기였기 때문이다.

"그렇다면 빨리 움직인다."

피난처가 결정되기 전에 가솔들을 만나 자신이 피난처를 결정할 생각인 까닭이다.

그에게는 북직례와 남직례 모두가 마음에 드는 곳은 아니었지만 벽사흔의 입장상 그중에서도 남직례는 결단코 피해야 하는 지역이었다.

"하면 목표가……?"

"소림. 최소한 우리의 가솔들이 도착하는 것과 시일을 맞춘다."

자신들과 대략 십 일 정도의 시간차를 두고 있는 가솔들을 따라잡겠다는 그 말은 엄청난 고난을 예고하는 것이었다.
 하지만 그렇다고 불만을 가질 수도 없었다. 불안하기는 벽사흔과 다를 게 없었기 때문이다.
 그렇게 벽사흔과 일행들이 속도를 올렸다.

† † †

 흔히 수적이라 표현하는 이들의 집단을 강호에선 수로맹이라 부른다. 산적들의 모임인 녹림과 비슷한 개념이었다.
 물론 산적이라고 모두 녹림도가 아니듯이 수적이라고 모두 수로맹의 무사는 아니다.
 수로맹의 무사라 불릴 수 있는 이들은 동정십팔채라 불리는 동정호의 열여덟 개 수채의 수적들과 장강에 흩어져 있는 장강구채, 그리고 황하십채에 속한 수적들뿐이다.
 동정호보다 몇 배는 더 큰 장강과 황하보다 동정호에 수채가 더 많이 몰린 것은 그만큼 동정호에서 얻어지는 수익이 컸기 때문이다.
 그 탓에 동정호와 연결된 장강을 구역으로 삼는 장강구채와 동정십팔채는 가끔 충돌을 벌이기도 했다.
 여하간 그 수로맹의 삼대 기둥 중 하나인 동정십팔채에 비상이 내려졌다.
 마도의 종주인 마교 교주의 특명으로 이루어진 비상 상황은 오직 하나, 별도의 명이 내려질 때까지 수로맹 산하 모든 수채들의 영업을 금지한다는 것이었다.

그 명을 받은 수로맹은 한술 더 떠서 영업뿐만이 아니라, 아예 동정호에 배를 띄우는 것까지 금지시켰다.

물론 그것은 장강구채와 황하십채도 다를 바 없었다.

하지만 그 이유를 제대로 알지 못했던 말단 수적들은 불만이 가득했다.

하루가 멀다 하고 구역을 들쑤시고 다니던 이들이 좁은 수채에 틀어박혀 있자니 좀이 쑤셨기 때문이다.

특히 동정십팔채의 중심이라 불리던 원강채의 불만이 가장 컸다.

"카악― 퉤. 이런 염병할, 도대체 언제까지 이러고 있어야 하는 거여?"

수채의 경비를 서던 장비 수염을 단 수적의 투덜거림에 곁에 서 있던 염소수염의 수적이 시큰둥하니 말을 받았다.

"그걸 내가 어찌 아누. 까라면 깔 수밖에."

"떠그럴, 계집의 분 냄새는 둘째 치고, 술맛을 못 본 지도 벌써 육 일째라고."

"별수 없잖아. 저 꼭대기에서 내려온 명이라니까."

"백도 놈들이 무서워서 천산에 대가리 처박은 채 나오지도 못하는 마교 새끼들이 꼭대기는 무슨……"

"쉿! 괜히 모가지 달아나지 말고 말조심해."

물을 파도가 쓸다 · 187

동료의 핀잔에 장비 수염의 수적이 입을 삐죽거렸다.
"모가지는 무슨… 틀린 말을 한 것도 아닌데."
"맞아, 틀린 말은 아니지. 하지만 주변 경계는 조금 더 신경 써야겠다. 물론 네겐 더 이상 기회가 없겠지만 말이야."
"뭔 소리……."
장비 수염 수적의 말은 중간에서 멈춰졌다.

곁에 서 있던 동료의 몸에서 목이 사라져 있는 것을 본 충격 때문이었다.

그게 무엇을 뜻하는지 알아차린 장비 수염 수적은 비명을 지르려 했다.

하지만 어느새 기도는 물론이고, 목이 완전히 베어진 장비 수염 수적은 아무런 소리도 낼 수 없었다.

그렇게 바닥으로 떨어지는 수적의 머리에 붙은 눈은 검은 수피를 입고 물속으로 사라지는 이를 발견했다.

하지만 아무것도 할 수 없던 그의 시야는 이내 어둠으로 채워졌다.

여섯 개의 수채가 소리 없이 피에 잠겼다.

그것도 작고 이름 없는 곳들이 아니라 동정호에 있는 수채들 중 가장 규모가 큰 순서대로 여섯 개였다.

그들이 당한 걸 알아차린 것은 평소대로 정보를 교환하기 위해 다른 수채의 수적이 접근한 후였다.

정보는 빠르게 수채들 사이로 전해졌다.

곧바로 수십 척의 배들이 지난 밤사이에 당한 수채들로 몰려들었다.

경비 서다 죽은 놈부터 시작해서, 자다 죽은 놈에, 측간에서 엉덩이를 까고 볼일 보다 죽은 놈까지 장소와 상황은 가지각색이었지만 한 가지만은 동일했다.

모조리 자신들이 언제 어떻게 죽는지도 모르고 당했다는 것.

사안이 결코 그냥 넘길 수 없는 일이라고 판단한 수적들은 곧바로 남아 있는 수채들 중 가장 큰 군산채로 모여들었다.

"놈들이 손을 댄 것입니다. 이대로 당할 순 없지 않습니까?"

중간 규모인 상음채의 채주가 겁에 질린 음성으로 말했다. 사기를 위해 수하들에게 말하진 않았지만 지금 모인 수뇌부들은 알고 있었다.

지금 동정호에 와 있는 이들이 누군지, 그리고 지난밤에 변고를 당한 수채를 누가 공격했는지 말이다.

"달리 방법이 있겠습니까?"

또 다른 수채의 채주가 묻자 상음채주가 조심스럽게 답했다.

"흩어져 있으면 당합니다. 모여야 하지 않겠습니까?"

"우리 모두가 모일 만한 수채는 없어."

낮고 차가운 음성, 군산채를 맡고 있는 채주 해수의 음성이었다.
 수로맹 고수들 중 수중전에 가장 능해서 물속에선 십대고수도 잡을 수 있다고 소문난 인물이었다.
 그 탓에 동정십팔채의 중심이라 불렸던 원강채의 채주도 그를 어려워했다.
 그것은 이곳에 모인 여타 수채의 채주들도 다르지 않았다.
 "그건 압니다. 하니 호수 가운데에 배를 타고 모이는 겁니다. 적어도 배 위라면 우리가 유리하지 않겠습니까?"
 호수 가운데에서 배를 타고 있는 사람을 공격하기 위해선 물속을 통하거나 똑같이 배를 타고 오는 수밖에 없다.
 상대가 배를 타고 공격해 온다면 그쪽으로 단련된 수적을 당하긴 쉽지 않다.
 오죽하면 관부의 수군마저 그들을 피할까.
 달리 물속으로 온다고 해도 겁날 건 없다. 그건 해수가 오히려 바라는 바이니까. 물속이라면 십대고수가 아니라 이황도 겁날 게 없는 그였다.
 그러니 호수 한복판이라면 혈주나 해남혈검문도 무서울 게 없었다.
 "좋아, 난 동의한다."
 해수의 말에 여기저기서 동조하는 이들의 음성이 들려왔다.

† † †

 그날 동정십팔채 중 살아남은 열두 개 수채의 수적들이 호수 한복판으로 모여들었다.
 적게는 두 척, 많게는 여섯 척씩 전선을 몰고나온 수적들은 부릅뜬 눈으로 경계에 만전을 기했다.
 그날 밤…
 "저, 저거 뭐야? 배가 왜 저래?"
 한 수적의 놀란 음성에 경계를 서던 수적들의 시선이 외곽에 위치한 전선으로 향했다.
 그들의 시선이 닿은 곳엔 상음채의 깃발을 단 전선 한 척이 서서히 가라앉고 있었다.
 "치, 침몰이다. 뭐해, 배를 버려!"
 여기저기서 고함 소리가 울려 퍼졌지만 점점 물속으로 가라앉는 상음채의 배에선 아무런 기척도 들리지 않았다.
 그러고 보니 얼마 전까지도 난간에 늘어서 있던 상음채의 수적들이 보이지 않았다.
 웅성거림은 커졌고, 절반 이상 배가 물속으로 가라앉고서야 보이기 시작한 상음채의 전선엔 수적들의 시체가 즐비하게 늘어서 있었다.
 그제야 상황을 이해한 수적들 속에서 경고성이 울려 퍼졌다.

물을 파도가 쓸다 • 191

"저, 적이다! 적이 공격한다!"

곧바로 수뇌들과 각 수채의 고수들이 선실에서 뛰어나왔다. 한데 그러는 와중에 벌써 세 척이 추가로 가라앉기 시작했다.

놀라운 건 조금 아까까지도 고함을 질러 대던 수적들의 모습이 보이지 않는다는 것이었다.

"물속이다! 수중전을 담당하는 자들은 모두 들어가라! 놈들의 목을 딴다."

배 위에서 벌이는 수전도 잘하지만 수중전은 동정십팔채 수적들의 장기 중 하나였다.

수로맹의 고수들 중 수중전 서열 십 위까지의 고수들은 모조리 동정십팔채에 있었다.

불행 중 다행으로 그들은 아직 건재했다.

해수의 고함에 곧바로 물의 침투를 막아 주는 수피를 입은 수적들이 물속으로 거침없이 뛰어들었다.

그건 기다란 작살을 챙겨 든 해수도 마찬가지였다.

한밤의 물속은 어둡고 탁했다.

눈을 떠도 뜨지 않은 것과 별반 다르지 않으니 이럴 땐 감각에 의존할 수밖에 없었다.

익숙한 느낌들이 사방에서 움직였다. 분명 함께 뛰어든 동정십팔채의 수적들이 분명했다.

그들이 배 밑에 자리를 잡았다. 어둠 속에 웅크리고 있을 흉수를 느끼기 위해서다.

 한데 그런 가운데서 무언가 불길한 느낌이 다가왔다. 따갑고 간지러운 느낌……. 물 밖이었다면 살기라 불러도 좋을 느낌이다.

 해수는 두말없이 몸을 틀었다.

 스르르르륵-

 무언가가 그의 곁을 지나갔다.

 쩌르르르-

 뒷골이 땅길 만큼 불길한 느낌이었다.

 확인을 위해 혀를 내밀자 비릿하면서 싸한 쇠 맛이 느껴졌다.

 피다.

 누군가 물속에서 피를 흘린다. 그것도 가까운 곳에서.

 조류의 흐름을 파악하고 피가 번져 올 곳으로 고개를 돌렸지만 보이는 것은 여전히 어둠뿐이었다.

 그 와중에 옆구리 쪽으로 무언가가 다가왔다.

 서둘러 팔다리를 움직여 자리에서 이동했다. 격한 물의 흐름이 몸을 타고 흘러갔다.

 무언가가 옆을 지나가며 만들어 낸 강력한 수류였다.

 하지만 보이는 것은 여전히 아무것도 없었다.

 이래서는 안 된다. 어차피 숨이 차오르는 것, 힘차게 발을 찬 해수의 신형이 물 위로 튀어 올랐다.
"횃불, 횃불을 물로 던져라! 기름을 쏟고 불을 붙여!"
단편적이지만 그 명령의 의미를 배 위의 수적들은 곧바로 알아차렸다.
이내 물 위로 기름이 쏟아지고 사방에서 횃불이 던져졌다.
화르르륵-
물 위로 뜬 기름에 불이 붙는 것을 확인한 해수가 숨을 크게 들이쉬고 다시 물속으로 들어갔다.
물속은 더 이상 어둠의 세계가 아니었다. 물 위에서 타오르는 불길이 호수 안을 환하게 비추었다.
쿠르르륵-
경악에 입에서 공기가 빠져나갔다.
밝아진 물속에서 보이는 것은 사냥당하는 수적들이었다. 그리고 그들을 여유롭게 사냥하는 적도 보였다.
수가… 자신들보다 더 많았다.
더구나 그들 중 절반은 작살이나 꼬챙이처럼 물의 흐름에 영향을 덜 받는 무기가 아니라 검을 휘두르고 있었다.
밝아진 것은 자신만이 아니었다. 이내 세 명의 적이 해수에게 다가왔다.
놀란 탓에 입안에 남은 공기가 부족했다.
수로맹 수중전 최고의 고수가 숨 막혀 죽었다는 소리를 듣지 않으려면 방법은 하나뿐이었다.

속전속결!

가장 가까운 적에게 들고 있던 작살을 던졌다.

거리는 일 장.

비웃음을 띠고 몸을 틀어 피하려던 적의 눈이 부릅떠졌다.

아직 여유가 있을 거라 믿었던 작살이 이미 그의 심장을 꿰뚫고 지나간 후였기 때문이다.

작살에 연결된 줄을 잡아당기자 피가 뿜어져 나오며 그것이 가슴에서 빠져나와 손으로 돌아왔다.

순간 더 기다릴 것도 없다는 듯이 신형을 돌렸다.

물속에선 움직임의 순서가 육지와 다르다.

가장 먼저 움직인 것은 발이 아닌 상체였다. 팔의 반동을 이용해 어깨가 먼저 돌고, 그와 함께 이동한 작살이 뒤로 바짝 접근한 적의 목을 가르고 지나갔다.

기도가 베인 적은 목에서 물거품을 뿜으며 바동거렸다.

다른 때였다면 즐겁게 감상할 모습이었으나 지금은 시간이 없었다.

아직 그를 노리는 적은 하나가 더 남아 있었고, 숨은 더 이상 참을 수 없는 지경에 달해 있었다.

황급히 시선을 돌렸지만 적은 보이지 않았다.

당황하는 해수의 어깨로 바늘로 찌르는 듯한 느낌이 몰려왔다.

물을 파도가 쓸다 • 195

미친 듯이 손과 발을 놀려 몸을 뒤틀었지만 어깨에서 피가 뿜어져 나오는 것은 막을 수 없었다.

그렇게 어깨에 상처를 내고 멀어지는 건 곧게 뻗은 검날이었다.

시선을 우측으로 옮기자 적이 보였다.

휘둘러 멀어진 검과 균형을 잡기 위해 물살을 헤치는 왼손으로 인해 적은 가슴이 비어 있었다.

그곳으로 해수의 작살이 날아들었다.

뽀그르르륵-

가슴을 관통당한 놈이 입에서 물거품을 뿜어내는 것을 확인하자마자 발을 차고 물 위로 고개를 내밀었다.

적의 몸에 틀어박힌 작살을 회수할 시간적 여유조차 없을 정도였다.

"헉!"

물 위로 나온 해수의 입에서 억눌린 신음이 흘러나왔다.

배들이 부서지고 불타고 있었다.

배와 배를 건너뛰며 무자비하게 수적들을 베어 내는 무사들이 수십이다.

한명 한명 독종이 아닌 이들이 없는 수적들이 허우적대다 속절없이 쓰러졌다.

적은 수중전뿐만 아니라 배 위에서 이루어지는 수전에도 능숙한 이들이었다.

물 아래로 시커먼 그림자들이 다가왔다. 수가 수십이다.

해수가 제아무리 뛰어난 수중전의 고수라도 저만한 숫자에 둘러싸이고서 살아남길 바랄 순 없었다.

물속의 싸움은 육지의 싸움보다 더 숫자의 영향을 많이 받기 때문이다.

그렇다고 배 위로 피하지도 못한다.

지금 올라가면 피가 솟구치는 가슴을 부여잡고 수도 없이 쓰러지는 수적들의 수를 하나 늘릴 뿐이다.

결국 해수가 택한 방법은 물로 도주하는 것이었다.

싸움이 아니라 도주라면 수가 아무리 많아도 자신을 잡을 수 없다는 것을 해수는 잘 알고 있었다.

다시 물속으로 들어간 해수의 모습이 순식간에 사라졌다.

† † †

저만치 호수 한복판에서 불타는 배들을 바라보며 발만 동동 구르는 이들이 있었다.

범요성승과 삼백 남련의 무사들이 바로 그들이었다.

해남혈검문의 공격이 시작된다는 개방의 소식을 접하고 달려왔지만 그들은 동정십팔채가 선택한 전장으로 달려갈 수단이 없었다.

그에 반해 해남혈검문은 물속을 자유자재로 움직이는 고

수들을 투입해 동정십팔채의 잔여 수적들을 깡그리 쓸어버리고 있었다.

 그 모습을 바라보며 허탈해하던 범요성승의 귀로 의외의 음성이 들려왔다.

 "어! 저거… 생존자인 모양입니다."

 한 무사의 음성에, 그의 손가락을 따라 움직인 시선에 물속에서 힘겹게 빠져나오는 이가 잡혔다.

 순간 백여 장의 거리가 순식간에 사라졌다.

 숨 한 번 몰아쉴 시간에 백 장을 이동한 범요성승의 출현에 놀란 상대는 어설프게 주먹을 들어 보였다.

 자세가 결코 권법을 배운 권사의 것은 아니었다.

 "누, 누구요?"

 크게 당황한 상대의 물음에 범요성승이 최대한 부드럽게 답했다.

 "소림의 범요요. 동정십팔채의 고수시오?"

 "소림? 소림이 왜……?"

 "해남혈검문의 공격이 시작되었다는 소리를 듣고 동정십팔채를 돕기 위해 달려왔소."

 얼른 이해가 안 되는 말이었다. 좋은 말론 견원지간, 더 솔직히는 보이는 족족 잡아 죽여야 하는 이들 중 하나로 자신들을 지목한 백도, 그중에서도 핵심에 속하는 소림의 무승이 자신들, 동정십팔채를 돕기 위해 왔다니 얼른 받아들이기 어려웠던 것이다.

"저, 정말이오?"

상대의 의문을 이해한 범요성승이 재빨리 설명을 이었다.

"상대가 혈교의 후신인 이상 마도와 백도의 차이는 중요한 것이 아니라 생각되어 달려왔소."

그제야 말을 이해했는지 경계심이 조금 누그러진 이가 자신을 소개했다.

"군산채의 채주인 해수요."

"군산채의 채주… 수중귀(水中鬼)?"

범요성승의 물음에 해수가 비틀린 웃음을 지었다.

수중귀, 물속 귀신이라는 이름이 지금처럼 덧없고 부끄러운 적이 없었다.

"그리 불릴 이들은 내가 아니라 저 물속에 잔뜩 있더이다."

해수의 말에 범요성승이 고개를 끄덕였다.

"해남검문이 수중전과 수전에 능한 고수들을 다수 보유했다더니 그들인 모양이구려."

"해남검문?"

"혈교의 후신인 해남혈검문이 바로 해남검문이 변한 것이라오."

범요성승의 답에 해수가 인상을 찌푸렸다.

"어쩐지 너무 비슷하다 했더니만……."

무식한 까닭이다. 세상에서 가장 무식한 이들이 산적이고, 그들보다 더 머리가 빈 이들이 마적이 되며, 그곳에조차 못 끼는 이들이 수적이 된다는 말이 있다.
 그만큼 지략과 멀어진다는 소리였다.
 두 이름 사이의 상관관계를 미리 짐작해 냈다면 절대로 물 위에서 저들을 맞는 우는 범하지 않았을 것이다.
 수로맹의 금언 하나.

이황을 육지에서 만나는 것만큼 위험한 것이 물속과 물 위에서 해남검문을 만나는 것이다.

 그 금언을 금과옥조로 알고 살아가는 수적들이 정작 상대의 정체를 몰라 당한 것이다.
 "놈들이 해남검문이라면 당연한 결과요. 그리고 이곳도 안전하지 못할 거고."
 말이 씨가 된다고 뒤늦게 쫓아온 해남검문의 무사들이 하나둘 물속에서 걸어 나오고 있었다.
 그들 중 한 명이 이쪽의 수를 보고 가슴속을 뒤져 폭죽을 꺼내더니 터트려 버렸다.
 피용~ 펑-
 기다란 소성 끝에 화려하게 터져 나가는 폭죽이 밤하늘을 수놓았다.

사람이 만들어 낸 가장 아름다운 창조물 중 하나를 감상할 여력도 없이 해수와 범요성승, 그리고 삼백에 달하는 남련의 무사들이 일제히 도주하기 시작했다.

눈앞에 있는 십수 명의 해남혈검문 무사들조차 버리고, 모조리 도주에 집중했다.

자칫 발목이 잡혀 적의 본대와 마주칠 것을 걱정한 까닭이었다.

생존을 위해 수치를 감수한 결정이었지만 결과는 그다지 좋지 못했다.

반사적으로 뛰기 시작한 해수를 따라 움직인 곳이 하필 일단의 해남혈검문 무사들이 달려오는 방향이었던 것이다.

놀란 범요성승이 뒤를 돌아보았다.

그쪽은 수가 더 많았다. 아마도 포위를 위해 양쪽으로 무사들을 투입한 모양이었다.

그리 보면 어느 방향으로 뛰어도 결과는 같았던 셈이다.

그렇게 되자 이제 문제는 앞에서 달려오는 이들을 돌파할 수 있겠느냐는 것이 되었다.

결과는 알 수 없지만 남은 방법은 그것밖에 없었다.

결심이 서자 범요성승의 입에서 우렁찬 음성이 튀어나왔다.

"돌파한다!"

그의 고함에 맞춰 삼백 남련 무사들이 달려가며 각자의 무기를 꺼내 들었다.

"우아!"

누가 시키지 않았음에도 함성이 터져 나왔다.

스스로 두려움을 떨치고 기세를 북돋우기 위한 것이었다. 그 속에서 해수는 욕지거리를 내뱉었다.

"빌어먹을!"

해수의 무기는 작살이었다.

물속, 물 위 모두 그것에 익숙해진 해수였지만 지금 그의 손은 빈손이었다.

적의 가슴에 박힌 작살을 미처 챙기지 못한 까닭이었다.

무기가 없으니 뒤로 슬그머니 빠지려 했지만 양측의 접근이 너무 빨랐다.

쾅-

별이 번쩍이고 코끝이 찡했다. 머리가 띵하고 속이 울렁거리며 아득해졌다.

상대의 어깨와 정통으로 얼굴을 부딪친 해수는 저만치 나가떨어지며 정신을 잃었다.

때마침 터져 나온 코피가 얼굴 전체를 뒤덮은 바람에 마치 머리가 깨져 피범벅이 된 듯이 보였다.

그렇게 정신을 잃고 쓰러진 해수의 위로 목이 날아간 남련 무사의 몸뚱이가 엎어졌다.

그 위에서 돌파하려는 범요성승을 비롯한 남련 고수들과

막아선 해남혈검문 무사들의 싸움이 피를 뿌리며 이어졌다.

제100장
독이 불타고, 푸른 성이 무너지다

 벽사흔과 일행이 선택한 여정은 계림을 출발해 숭산까지 직선으로 달리는 것이었다.
 그러다 보니 동정호가 중간에 버티고 서 있었다.
 돌아가자니 너무 멀고, 물 위를 달릴 능력이 있는 것도 아니니 결국 배를 탈 수밖에 없었다.
 동정호의 최단 거리 도하는 악양 부근의 동정호에서 연결되는 장강을 건너는 것이었다.
 벽사흔과 일행은 그곳을 선택했고, 그들이 도착한 시기는 아슬아슬하게 해남혈검문이 동정호를 건너간 직후였다.
 "시체… 입니다."
 경공을 통해 고속으로 움직이는 까닭에 일행이 선택한 길은 관도에서 조금 떨어진 벌판이었다.

동정호를 끼고 형성된 벌판에서 발견된 시신의 수는 백여 구를 훌쩍 넘겼다.

"놈들이다!"

송찬의 말에 벽사흔의 고개가 끄덕여졌다.

"알아봐라, 근처에 있는지."

그의 말에 송찬이 불안하게 물었다.

"왜? 설마 혈주란 놈과 싸우기라도 하게?"

"마음 같아서는……. 하지만 그러기엔 시간이 없다는 걸 안다. 그 탓에 지금은 피해 가려고 알아보는 거고."

그제야 안도의 표정이 된 송찬이 고갯짓을 하자 송덕생과 고록이 재빨리 흩어졌다.

자신들의 모습을 숨긴 채 상대방을 탐문하기엔 그들만큼 뛰어난 이들을 찾기도 어려울 것이기 때문이다.

그런 까닭에 덩달아 뛰어 나가려는 구작을 붙잡은 것이기도 했다.

어리둥절한 표정으로 바라보는 구작에게 송찬이 말했다.

"기다려. 찾는 것도 중요하지만 발각당하지 않는 것도 중요해."

그제야 말뜻을 알아들은 구작이 풀이 죽은 모습으로 고개를 숙였다.

"예."

그것이 안 되어 보였던지 송찬이 쓸데없는 명을 내렸다.
 "피가 완전히 굳지 않은 걸 보면 어젯밤에 일어난 싸움이다. 혹 숨이 붙어 있는 놈이 있나 한번 찾아봐."
 송찬의 명에 시체들을 뒤적거리며 움직이던 구작의 놀란 음성이 터져 나온 건 일각 정도가 지난 시점이었다.
 "여, 여기 생존자가 있습니다!"
 뜻하지 않은 소리에 벽사흔마저 그곳으로 다가갔다.
 구작이 목이 없는 시체를 치우자 얼굴이 온통 피투성이인 사내가 나왔다.
 "이놈 이거, 뭘 입고 있는 거야?"
 "수피인데요."
 "수피?"
 "수달 가죽이나 물범 가죽으로 만드는 거라고 들었습니다. 물속에 들어갈 때 입으면 젖지 않아서 좋다던가? 하여튼 그렇게 들었습니다."
 구작의 설명에 별걸 다 안다는 듯이 잠시 그를 바라보던 송찬이 사내에게 다가 앉아 코에 손을 댔다.
 "정말 숨은 쉬네."
 송찬의 말에 벽사흔이 구작에게 명했다.
 "피 좀 닦아 봐라. 살 수 있는 놈인지 상처 좀 보게."
 "예."
 복명한 구작이 주변에 쓰러져 있는 시신에서 벗겨 낸 옷가지를 가지고 호숫가로 가더니 물에 그걸 적셔 왔다.
 그것으로 사내의 얼굴을 조심조심 닦아 내 갔다. 그때였다.
"끄응……."
 사내의 입에서 신음 같은 음성이 흘러나오더니 눈이 번쩍 떠졌다. 그리고…
 벌떡.
 단번에 등을 튕겨 일어난 사내가 두 주먹을 불끈 쥐고 엉성하게 자세를 잡았다.
"뭐하자는 거야?"
 송찬의 어이없어하는 음성에 사내는 부르짖듯 외쳤다.
"쉬, 쉽게 죽어 주지 않는다! 덤벼, 자식들아!"
 사내의 모습에 당황한 표정의 구작이 벽사흔을 돌아봤다.
"어쩌죠?"
"뭘 어째? 덤비라잖아."
"그, 그럼……?"
"살살… 묻는 대로 답할 정도로만 밟아 봐."
 벽사흔의 답에 고개를 돌리는 구작의 입가로 묘한 미소가 깃들었다.
 죽자고 달리기만 하느라 쌓인 울화를 풀어 낼 기회가 생긴 것이 꽤나 반가운 모양이었다.
 퍽-

"에이, 그 자식! 적당히 답할 정도로만 밟으라니까!"

벽사흔이 짜증을 내는 이유, 쭉 뻗은 구작의 주먹질에 고개가 팩하니 돌아간 사내가 맥없이 기절해 쓰러졌기 때문이었다.

"하, 한 대 쳤는데요?"

"힘을 조절해야지! 무조건 내력 실어서 치면 되냐?"

송찬마저 핀잔을 주자 구작의 고개가 잔뜩 숙여졌다.

"소, 송구합니다."

† † †

사내가 정신을 차린 것은 해남혈검문의 이동 상황을 알아보기 위해 흩어졌던 송덕생과 고록이 막 돌아온 때였다.

"끄응……."

신음과 함께 다시금 눈을 뜬 사내는 이전처럼 벌떡 일어나 주먹을 쥐는 행동을 하지는 않았다.

그게 자신에게 결코 유리하지 않다는 것을 깨달은 것이다.

그 탓에 천천히 일어나 앉은 사내는 주변을 돌아봤다.

자신에게 위험한 것이 무엇인지 먼저 탐색부터 해 보기로 한 까닭이었다.

그런 사내에게 벽사흔이 다가왔다.

"일어났냐?"

상대가 누군지 기억났다.

묻는 대로 답할 정도로 밟아 버리라고 말했던 바로 그 작자다.

또한 자신을 언제 치는 줄도 모르게 한 방에 보내 버리는 자를 부리는 사람이다.

사내는 이런 자들의 특성을 제법 잘 알고 있었다. 반항하면 할수록 자신만 손해라는 것도.

"옙!"

답과 함께 벌떡 일어선 사내가 부동자세를 취했다.

"어디 많이 다친 건 아니고?"

벽사흔의 물음에 사내는 자신의 몸을 더듬어 보더니 고개를 끄덕였다.

"예, 별로… 다친 덴 없는 거 같습니다."

"그래, 다행이네. 한데 너 이름이……?"

"해수입니다. 수중귀라고 부르는 이들도 있습니다."

"물속 귀신이라… 어디 소속이야?"

"군산채입니다."

"군산채면… 수적?"

"그게… 동정십팔채라고, 수로맹에 속한 곳입니다."

"그러니까 수적이잖아."

변하지 않는 벽사흔의 분류에 해수가 포기의 표정으로 고개를 숙였다.

"네, 수적… 맞습니다."

"근데 왜 이 꼴이야?"

벽사흔의 물음에 해수의 고개가 모로 틀어졌다.

"혈교, 아니 해남혈검문분들 아니십니까?"

"아니다."

답하는 벽사흔의 눈가가 슬쩍 찌푸려지는 것을 놓치지 않은 해수가 재빨리 답했다.

"그 빌어먹을 개아들 놈들에게 당했습니다."

"개아들 놈?"

"해남혈검문 놈들 말입니다, 대협."

해수의 말에 송덕생이 끼어들었다.

"맞습니다. 어제 해남혈검문이 동정십팔채를 쳤답니다. 동정호 한복판과 이곳에서 싸움이 있었답니다."

"그럼 이들은 다 동정십팔채의 수적들?"

벽사흔의 물음에 송덕생이 고개를 저었다.

"이곳에서 싸움을 벌인 이들은 남련의 고수들이랍니다."

"남련?"

처음 듣는 이름에 벽사흔이 고개를 갸웃거리자 송덕생이 설명을 이었다.

"무당에 남은 이들이 결성한 연합의 이름이랍니다."

그제야 남련이 무엇을 뜻하는지 알아들은 벽사흔이 고개를 끄덕이며 물었다.

"누가 이긴 거야?"

"해남… 혈검문입니다."

"둘 다?"

"예, 양쪽 모두 해남혈검문이 압도적으로 승리했답니다."

송덕생의 답에 고록의 음성이 더해졌다.

"실제로 이곳에 남겨진 시신들은 모두 남련의 무사들입니다."

그사이 시신들의 신분을 확인했던지 호수 물로 손을 닦은 고록이 벽사흔에게 다가서며 말을 이었다.

"소림과 무당, 그리고 몇몇 이름깨나 알려진 호광 무문들의 고수들입니다. 아! 개방의 걸개들도 두어 명 끼어 있던데, 이런 게 나왔습니다."

고록이 내미는 종이 쪼가리를 보며 벽사흔이 물었다.

"뭐냐?"

"전서입니다."

"내용은?"

"그게 '해남혈검문의 본대가 사라졌다.' 입니다."

"단지 그뿐이야?"

"예, 가주님."

고록의 답에 벽사흔의 시선이 송찬에게 향했다.

"무슨 뜻 같아?"

"아무래도 개방이 해남혈검문 본대의 움직임을 놓친 모양이다."
 송찬의 답에 벽사흔이 송덕생을 돌아봤다.
 "여기서 빠져나간 놈들은 어디로 갔다고 하대?"
 "약 삼백 명가량의 해남혈검문 무사들이 동정호를 건너는 것이 목격되었습니다. 방향은 북쪽입니다."
 "본대도 그쪽으로 갔을 가능성이 높겠지. 서두른다."
 "방향이 같을 수도 있습니다."
 걱정스럽게 말하는 송덕생에게 벽사흔이 심드렁하게 물었다.
 "그게, 뭐?"
 "아, 아닙니다."
 이내 고개를 젓는 송덕생에게서 시선을 거둔 벽사흔이 해수를 바라보았다.
 "갈 데 있냐?"
 "어, 없습니다."
 "잘 뛰냐?"
 "예?"
 "경공을 할 줄 아냐고."
 "아! 예, 압니다."
 "그럼 따라와."
 벽사흔의 말에 송찬이 물었다.
 "데려가려고?"

"응."

"왜?"

"아직 우리의 움직임이 놈들에게 알려져서 좋을 건 없으니까."

"정보 누수를 걱정하는 거야?"

"그런 셈이야."

벽사흔의 답에 송찬이 해수의 아래위를 훑어보며 말했다.

"차라리 사자무언(死者無言)이 낫지 않아?"

"뭐? 죽이자고?"

"그게 가장 쉽고 간단하지."

송찬의 말에 해수의 눈이 퉁방울만큼 커졌다.

잠시 전에 벌어졌던 일을 상기하면 이들은 항거 불능의 상대들이다.

그렇기에 해수가 할 수 있는 일은 단 한 가지뿐이었다.

"저, 잘 뜁니다. 정말입니다. 그리고 발바닥에 불이 나게 뛰겠습니다. 그러니 살려 주십시오, 대협!"

털썩-

대번에 무릎을 꿇고 벽사흔의 바짓가랑이를 잡고 늘어졌다.

판단력도 빠르지만 눈치도 제법이다. 그 짧은 순간에 이 일행의 결정자가 누구인지 알아본 것이다.

문제는 그 행동이 송찬의 미움을 불러왔다는 것이지만, 지금 당장은 살아남는 게 중요했기에 해수는 다른 걸 생각해 볼 여유가 없었다.
"그냥 데려간다."
선택은 탁월했다.
"네가 그러자면……."
송찬이 물러섰지만 해수를 바라보는 그의 눈 속에 타오르는 불꽃은 결코 쉽게 꺼질 것 같아 보이지 않았다.

† † †

족히 천은 넘어 보이는 그림자들이 사천과 귀주의 경계에 위치한 벌판을 무서운 속도로 지나갔다.
워낙 빠르기도 빨랐고, 조용한 탓에 소속과 정확한 용모들도 확인할 수 없었다.

중원 전토가 혈교의 재준동으로 소란스러운 시기다. 당연히 사천도 어수선할 수밖에 없다.
이미 연락을 받은 아미파는 팽가로 떠났다.
십대무파들과 어깨를 나란히 할 정도로 뛰어난 능력과 세력을 가진 곳은 아니었지만, 그들이 가진 치료술과 약초술은 싸움이 벌어졌을 때 가장 필요한 것 중 하나였기에 십대무파인 당가와 함께 가장 먼저 연락을 받은 것이다.

연락을 받자마자 아미의 방장은 대부분의 제자들을 이끌고 팽가로 떠났다.

하지만 비슷한 시기 같은 연락을 받은 당가는 몇몇 독공의 고수를 대표로 파견한 것을 빼곤 그대로 자리를 지켰다.

당가가 그러자 잠시 들썩였던 청성도 다시금 주저앉았다.

청성도 당가의 전례를 따라 두 명의 장로에게 몇 명의 제자를 딸려 팽가로 파견하는 것으로 갈음했다.

당가와 청성 두 거파가 남아 있으니 사천은 아미의 빈자리를 좀처럼 느낄 수 없었다.

더구나 그 빈자리를 파고들어 이권을 차지하기 위한 당가와 청성, 두 곳의 세력 싸움으로 오히려 사천은 뜨겁게 달궈지고 있었다.

그렇게 달궈진 사천의 중심, 성도에 자리한 사천당가에서 중요한 회의가 진행되고 있었다.

"아미가 자리를 비우며 주인을 잃은 이권의 이 할을 차지했습니다."

당가의 자금 관리를 맡은 총관의 보고에 가주가 물었다.

"겨우 이 할?"

"아미가 완전히 비워진 것도 아니고… 그 정도면 나름 선전한 것입니다, 가주님."

총관의 말에도 불구하고 가주의 표정은 펴질 줄 몰랐다.

"하면 청성은 어찌 되었더냐?"

"그, 그게……."

청성 이야기가 나오자 총관의 표정이 확연하게 당황으로 물들었다.

"청성은 어찌 되었냐고 묻질 않느냐?"

사사로이는 사촌 형인 가주의 독촉에 총관은 어두운 표정으로 답했다.

"사, 사 할을……."

"이런! 도대체 그들이 사 할을 차지할 동안 우린 뭘 한 게야!"

불같이 대노하는 가주에게 총관이 재빨리 설명을 하고 나섰다.

"청성이 사 할을 차지할 수 있었던 것은 아미와 싸움을 벌이면서까지 이권을 차지한 까닭입니다."

"청성이 하는 일을 우린 왜 못한 거야?"

"지금 같은 상황에서 이권을 위해 아미와 싸움을 벌이는 것은 좋은 방법이 아니라는 생각에 그리……."

"이런 멍청한! 그리 안일하게 생각해서야 언제 당가를 천하제일가로 올려놓을 생각인가!"

버럭 소리를 지르는 가주로 인해 말이 잘린 총관이 가주의 말이 끝나자 조심스럽게 다시 자신의 말을 이어 갔다.

"확장도 좋지만 아미는 강호를 지키기 위해 자리를 비운 것입니다. 그런 이들의 이권을 차지하는 것도 손가락질을 받을 일인데, 굳이 몇 남지도 않은 아미의 제자들과 싸움을 벌이면서까지 차지한다면 우리가 받을 비난의 양은 감당하기 어려울 정도로 커질 것입니다."

"그래 봐야 일순간이다. 힘이 있다면 그런 비난을 가할 이들의 수도 적을 것이고. 그걸 모른다 말할 생각인가?"

"그건… 아닙니다만……."

뒷말을 흐리는 총관에게 가주가 불만스러운 표정으로 말을 이어 갔다.

"강호는 오로지 힘이다. 의네 협이네 떠들어 대지만 결국 힘없는 의나 협은 덧없는 겉멋에 지나지 않을 뿐이다. 더구나 귀주를 손아귀에 넣고 조만간 호광의 남부를 도모할 예정인 이상, 사천의 패권을 손에 쥐어야만 한다. 우리가 패권을 쥐어 사천이 안정되지 않고서는 다수의 무사들을 외부로 돌릴 수 없다는 걸 알고 있지 않느냐?"

"그렇긴 합니다만… 전 외부로 확장해 나가야 하기에 세간의 평가가 더 중요한 때라고 생각했습니다."

"세간의 평가? 중요하지. 하지만 힘이 있으면 그 평가는 바뀌기도 한다. 그리고 우린 지금 그 힘을 더 두텁고 강력하게 키워야 할 때이고. 그러기 위해선 다른 모든 걸 희생할 때이기도 하다. 명예도 말이다. 그걸 지킬 생각이었다면 우린 지금 사천에 남아 있지도 않았을 거다."

가주의 말이 끝나자 비슷한 음성이 뒤를 이었다.

"가주의 말이 옳다."

 밖에서부터 시작해서 안으로 이어진 음성과 함께 모습을 드러낸 이를 대면한 당가의 수뇌들이 분분히 자리에서 일어섰다.

 당가의 자랑, 당가의 자존심이라 불리는 태상가주, 일수독작이 회의실로 들어선 까닭이었다.

 그의 등장에 가주가 자리에서 일어나 고개를 숙였다.
 "어서 오십시오, 아버님."
 "오냐. 참견하지 않으려 했다만 도저히 듣고만 있기 힘들어 들어왔느니라. 가주가 이해를 해야 할 게야."
 "아닙니다. 아버님의 지혜는 언제나 절 놀라게 합니다. 하니 이번에도 기대와 함께 소중히 듣겠습니다. 말씀하십시오."

 가주가 자리에 앉자 일수독작의 시선이 총관에게 향했다.
 "명예, 명분, 모두 중요한 것들이지. 총관이 그것을 지키기 위해 애를 써야 할 만큼 충분히. 하지만 가주의 말대로 지금은 비상시국이다. 혈교 무리가 다시 준동해서 비상시국이 아니라 우리가 귀주를 틀어쥐고, 호광의 남부로 진출하기 직전이기에 비상시국인 게다. 그걸 성공시키느냐 못 시키느냐가 향후 우리 당가의 미래를 결정하게 되는 분수령이 될 것이다."
 "그것은 알고 있습니다."

총관의 답에 일수독작이 말을 이었다.

"알고 있다니 말이 더 쉽겠구나. 우리가 그 분수령을 넘고 못 넘고는 가주가 말했듯이 사천의 안정을 우리 손으로 이루어 낼 수 있느냐가 관건이 될 것이다. 애초의 계획대로였다면 아미와 청성 두 곳을 모두 상대해야 했겠지만 지금은 천우신조의 기회로 청성만 상대하면 된다. 그것도 청성과 피를 보며 싸우지 않아도 되게 되었다. 바로 아미의 이권을 우리가 모두 차지하면 되는 것이다."

"하나 그것은 아미와의 싸움을 동반합니다."

"안다. 그리고 그것에 도사린 위험성도 충분히 알고. 그럼에도 나서야 하는 것은 그 방법이 청성과 피를 흘리는 것보다 낫기 때문이다. 내말이 무슨 뜻인지 알겠느냐?"

태상가주의 말은 안다.

이미 가주가 패권을 언급할 때 모두 이해하고 있었다. 그럼에도 반대하고 나섰던 것은 지금의 상황 때문이었다.

만에 하나 사천의 문파들끼리 화기를 헤친 연후에 적도가, 혈교가 사천에 발을 들여놓는다면……?

삼백 년 전의 결과가 말해 주듯이 혈교는 어느 한 문파의 힘으로 막을 수 있는 것이 아니다.

결국 다수의 문파가 연수해야 하고, 사천의 경우엔 청성, 아미와 연수를 맺어야 했다.

다른 문파끼리의 연수는 언제나 믿음이 바탕이 되어야 하는데, 지금 가주나 태상가주가 주장하는 대로 일을 벌여 놓고 나면 사천의 세 문파는 결코 서로를 믿지 못하게 된다.

그런 상황에서 외부의 적을 맞닥트리면 사천은, 사천에 발을 디디고 사는 청성, 아미 그리고 당가는 끝장이었다.

그렇기에 총관은 지금이 기회라는 것을 알면서도 반대했던 것이다.

하지만 이젠 더 이상 그럴 수 없게 되었다.

여기서 더 뻗대면 기사멸조에 해당하게 된다는 것을 알아차린 까닭이었다.

"태상가주님의 말씀을 가슴 깊이 새겨 두겠습니다."

총관의 답에 사람들의 긴장감이 내려갔다. 그가 한발 물러섰다는 것을 알아차린 것이다.

최대 반대자였던 총관이 한발 뒤로 물러서자 다음 사항들은 전광석화처럼 진행되었다.

이내 삼백여 명의 무사들을 이끈 총관이 아미의 이권을 차지하기 위해 당가의 정문을 빠져나갔다.

† † †

당가의 무사는 대략 오백 남짓이다.

아직 스물 전인 수련 무사들까지 포함하면 그 수는 칠백까지 늘어난다.

하지만 당가의 비전절기 중 하나인 암기술을 제대로 쓸 수 있을 만한 고수 층은 겨우 일백 명 안쪽이다.

두 번째 절기인 독공 쪽으로 가면 그 수는 더 적아져 겨우 오십 남짓의 수만이 적을 상대로 독을 사용할 수 있을 정도였다.

그런 무사들이 모두 당가를 비웠다.

아미와 싸워야 하는 것이 기정사실이고, 자칫 청성과도 충돌이 일어날 가능성이 높은 탓에 고수 층을 두텁게 유지했던 것이다.

그렇게 당가를 나선 무사들은 크게 두 곳, 작게는 십여 곳이 넘는 지역으로 분리되어 흩어졌다.

총관을 제외한 그 누구도 생각지 못한 공격이 시작된 것은 바로 그 때였다.

"커헉-"

밭은 비명과 함께 정문 경비 무사들이 동시에 쓰러졌다.

소리 없이 열린 정문과 낮은 담장을 타고 넘은 그림자들이 당가의 안으로 밀어닥쳤다.

침입자들은 빠르고 강했다.

그들을 발견한 경비 무사들은 경고성을 지르기도 전에 목이 베여 쓰러지기 바빴다.

그나마 소피보러 나왔던 한 장로의 눈에 경비 무사를 가차 없이 베어 넘기는 침입자들이 뜨인 것이 천운이었다.

"저, 적이다!"

 장로의 고함이 터져 나오고, 뒤이어 비상종 소리가 시끄럽게 울렸다.

 놀란 무사들이 사방에서 튀어나왔지만, 이미 당가의 내원까지 들어선 적들의 움직임은 결코 꺾이지 않았다.

 비상종 소리를 들은 것은 태상가주인·일수독작도 다르지 않았다.

 천천히 자리에서 일어선 일수독작이 자신의 애병을 들고 막 처소를 나서는 순간이었다. 하얗게 일어난 빛 무리가 그의 전신을 후려치고 지나갔다.

 생전 처음 느껴 보는 생경한 느낌에 바짝 얼어붙은 일수독작의 시선이 입구를 삐딱하니 틀어막고 선 청년에게 향했다.

"누구······?"
"그대를 지옥으로 안내할 사람."
"혀, 혈주!"
"날 그렇게 부르는 사람들도 있소."

 혈주의 답에 일수독작은 사방으로 뛰어다니는 이들을 바라보았다.

 하나같이 모르는 이들이다.

 아니, 허리에 붉은 띠를 묶은 것이 눈앞의 혈주와 같으니 그의 수하들이리라.

 당가 안에서 그들의 모습이 유달리 많이 보인다는 것은 한 가지를 의미했다.

 당가의 무사들이 밀리고 있다는 것.

 "빌어먹을, 총관의 이야기를 들었어야 했는데……."

 그 말을 끝으로 일수독작은 시야가 아득해짐을 느꼈다.

 푸확-

 전신으로 붉은 선이 그어지더니 한순간 전신으로 뿜어지는 피와 함께 자잘한 육편으로 나뉜 일수독작의 신형이 무너져 내렸다.

 그리고 그날 주요 고수가 빠진 당가가 불길에 휩싸였다.

 당가의 참상이 떠오르는 태양에 비춰지기도 전에 해남혈검문의 본대가 청성산을 들이쳤다.

 새벽안개가 걷히기도 전에 산문을 돌파한 해남혈검문 무사들의 선두엔 온통 피칠갑을 한 혈주가 무심한 시선으로 달리고 있었다.

 그가 지나는 길목으로 길게 피와 시신들이 늘어섰다.

 무사들 개인의 능력으로는 막기 어렵다고 판단한 청성의 장문인이 최후의 명령을 내렸다.

 "진을 발동하라!"

 쿵-

청성 전체를 떨어 울리는 듯 공기가 진동했다.

떠오르는 아침 해에 조금씩 옅어지던 새벽안개가 다시 짙어지더니 종래엔 앞이 보이지 않을 정도가 되었다.

"멈춰라!"

혈주의 명에 그의 뒤를 따르던 이들이 모두 멈추어 섰다.

"자연이 만들어 낸 안개가 아니다. 진법이니 함부로 몸을 움직이거나 발을 떼지 말라."

명을 내려 놓은 혈주가 천천히 움직였다.

청성산은 도교의 창시자라 불리는 장천사가 세운 도교의 성지다.

그 탓에 청성산은 팔십여 개의 도방(道房)과 백여 개가 넘는 도관(道觀)이 들어서 있었다.

그의 기억이 맞는다면 청성은 그 수많은 도방과 도관의 도력을 이용해 청성산을 수호하는 절진을 만들어 냈다. 아마 지금의 상황이 바로 그 절진이 만들어 내는 현상일 것이란 생각이 들었다.

한때 진조량이란 이름으로 무섭게 파고들었던 책들에 거론된 진법의 파훼법으로 공통적인 것은 한 가지뿐이다.

이름 그대로 파훼(破毁), 진을 구성하는 주변의 모든 것을 깨트리고 헐어 버리는 것이다.

혈주의 손에 들린 검이 피처럼 붉어지고, 이내 혈광이 주변을 잠식했다.

그리고 무서운 기세가 안개를 뚫고 사방으로 퍼져 나갔다.
쿵- 퍼걱, 우저저저적!
깨지고, 부서지는 소음이 맑은 청성산의 아침을 채웠다.

 당가, 청성, 아미가 무너지고 사천이 해남혈검문의 손에 들어갔다.
 광서에 이어 두 번째로 성 단위의 지역이 해남혈검문의 세력권이 되어 버린 것이다.
 해남혈검문의 도발에 맞서고자 긴장해 있던 남련으로서는 당황스러운 소식이기도 했다.
 아울러 동정십팔채의 궤멸 소식이 뒤늦게 퍼져 나갔다.
 자중하며 상황을 지켜보던 마도는 당황스러웠다. 그것을 지시했던 마교도 당황하긴 마찬가지였다.
 "도처에서 전서구가 날아들고 있습니다. 어찌 하명하오리까?"

대외총관의 물음에 멸겁도황의 시선이 배석해 있던 검존에게 향했다.

"어찌 생각해?"

"아직은 잘 모르겠습니다."

검존의 답에 멸겁도황의 눈썹이 불만으로 꺾였다.

"잘 모르겠다?"

"예, 교주님."

"네 생각대로 여태 기다렸는데, 이제 와서 네가 모른다면 어쩌자고?"

멸겁도황의 물음에 검존은 당혹스런 표정을 감추지 못했다.

사실 마교는 진작부터 해남검문의 특이 동향을 파악하고 있었다.

그것은 여행을 좋아하는 철권문의 강이정과 곽련 때문이었다.

그들이 이 년, 아니 정확히는 일 년 반쯤 전에 해남을 여행하던 중 우연히 끔찍스러울 정도로 강력한 마기의 유동을 겪었던 것이다.

그들은 그 현상이 자연스럽지 않다는 것을 확신하고 문제의 마기를 찾아 나섰다.

보름간의 추적 끝에 그들이 마기를 찾아낸 곳은 어이없게도 해남검문이었다.

굳이 성향을 논하라면 정사지간이긴 하였으나, 마도보다는 백도와 가까이 지내던 해남검문에 난데없이 자신들조차 감당하기 힘든 마기가 출렁이니 의아하지 않을 수 없었다.

 그렇다고 그 둘이 파 보기엔 해남검문이란 상대는 너무 큰 문파였다.

 결국 강이정과 곽련은 사사로이는 사형과 친형 관계인 검존에게 해당 사실을 알리고 조사해 볼 것을 권했다.

 두 사람의 구유를 받은 검존은 교주의 허락을 받아 해남검문을 정밀히 관찰했다.

 물론 결과만 놓고 보면 그 관찰은 실패였다.

 당시 마교의 정보를 담당하는 밀영대(密影隊)의 해남검문이 금지된 마공을 연성하는 것이라는 판단을 내렸었기 때문이다.

 그들이 혈교로 탈바꿈하고 있다는 것은 꿈에도 생각지 못했던 것이다.

 여하간 그런 오판 탓에 마교는 은근히 해남검문이 그 마공에 빠져 마도로 돌아서길 기대하기까지 했다.

 해남검문 정도의 거대 문파가 마도로 돌아서면 마도의 전력은 한층 상승할 것이다.

 더불어 마교의 전력도.

 해남검문이 마도로 돌아서는데 왜 마교의 전력이 상승하느냐고 묻는 사람이 있다면 그는 분명 강호인은 아닐 것이다.

마교의 오판 • 233

그래도 묻는다면 답은 의외로 간단하다. 마도의 종주는 마교다. 그 마교의 부름에 응답하지 않는 마도는 중원 천하에 존재하지 않는다. 당연히 마도의 전력이 늘어나면 마교가 부리는 전력이 늘어나는 결과를 가져오는 것이다.

그리고 그것이 중원 강호에서 마도와 마교를 굳이 구별하지 않는 이유이기도 했다.

그런 희망은 해남혈검문이란 이름으로 혈교가 다시 활동을 시작한 연후에도 변하지 않았다.

그것은 그들이 피가 아닌 대화와 타협을 선택한 까닭이었다.

마교는 강호의 누구보다도 먼저 검각의 배신을 알아차렸고, 그들로 인한 광서 남부의 이상기류도 사전에 감지하고 있었다.

물론 그때까지도 단순히 해남검문의 세력 확장 정도로 파악하고 있었지만 말이다.

차치하고, 해남검문이 본토에 상륙하여 비로소 해남혈검문의 깃발을 내걸면서 혈교의 후신이라는 것을 알게 되었지만, 그 탓에 마교는 더욱 혼란스러웠다.

그들이 기억으로, 또 기록으로 아는 혈교는 절대로 대화와 타협의 대상이 아니었다.

그들은 자신들의 존재 의의가 강호를 피로 씻는 것에 있다고 믿는 이들이었다.

그런 까닭에 삼백 년 전의 혈교의 난 때도 두려움과 어리석은 생각으로 혈교에 투항하거나 합류를 원한 문파들까지도 그들은 모조리 도륙해 버렸던 것이다.

당시 혈황이 했다는 말은 대단히 유명해서 기록에 남아 있는 곳들이 꽤나 많았다.

피와 죽음을 뺀다면 혈교는 더 이상 혈교가 아니다.

혈교가 피와 죽음에 얼마나 집착해 있었는지는 그 말에 모두 드러나 있었다.

그랬던 이들이 갑자기 왜 변했을까? 마교는 그 의문에서 '혹시나' 하는 기대를 품었다.

피와 죽음을 절제한다면 혈교도 마도의 범위를 벗어날 수 없다는 검존의 말이 멸겁도황에게 먹힌 까닭이었다.

그것이 해남혈검문의 발호에도 불구하고 마도가, 마교가 유보적인 입장을 갖게 된 원인이었다.

그 모든 것의 시발점인 검존이 여전히 잘 모르겠다는 말을 하고 있으니 멸겁도황은 반가울 리 없었다.

"송구합니다."

검존이 고개를 숙였다. 그런 검존에겐 더 이상 추궁을 이을 수도 없었다.

하긴 검존이 권했다곤 해도 결정은 어디까지나 멸겁도황

자신이 했다. 당연히 책임도 그에게 있었다.
"밀영대주."
"예, 교주님."
"밀영대의 판단을 꺼내 놔 봐."
솔직히 말해 해남혈검문에 관해선 더 이상 나서고 싶지 않은 것이 밀영대의 솔직한 심정이었다.
그들이 혈교의 후신이라는 것을 알아내지 못해 지금의 상황에 처한 것이기 때문이다.
그렇다고 지고한 교주의 물음에 답을 하지 않을 순 없다. 자신들이 파악한 것들을 머릿속으로 정리한 밀영대주가 조심스럽게 말문을 열었다.
"우선 해남혈검문이라 불리는 혈교가 왜 피가 아닌 대화와 타협으로 뜻을 옮겼는지도 여전히 알지 못합니다. 하지만 지금 상황에서 중요한 건……."
"중요한 건?"
"저들이 동정십팔채엔 아무런 요구도 하지 않았다는 것입니다."
밀영대주의 말에 멸겁도황이 물었다.
"좀 더 자세히."
오랜 시간이 걸려도 좋다는 듯이 등받이에 몸을 기대며 묻는 멸겁도황에게 밀영대주가 설명을 이었다.
"우리가 이미 알고 있듯이 저들은 본토에 상륙하기 전에 검각을 끌어들였습니다. 그리고 그들을 통해 함께할 중소문파들을 대화와 설득으로 끌어들였습니다. 형산파의 경우엔 배첩까지 보냈었죠. 하지만 동정십팔채엔 아무것도 묻지도, 요구하지도 않았습니다."

"그건 단리세가도 마찬가지 아니었나?"

"취합된 정보를 보면 단리세가는 저들의 지휘부가 어떤 결정을 내리기도 전에 선두부와 충돌하여 싸움이 시작된 것으로 파악됩니다. 하니 다른 경우완 상황이 조금 다른 셈입니다."

"그렇다면 그놈들이 왜 동정십팔채엔 아무것도 묻지도, 요구하지도 않았는지부터 파악해야 하겠군."

"물론 그래야 하겠지만 전격적인 기습, 그것도 저항하지 않는 이들을 완전히 전멸시킨 것으로 보아선……."

뒷말을 흐리는 밀영대주에게 멸겁도황이 말했다.

"말해 봐."

"마도를 적으로 간주하는 듯합니다."

"왜?"

"그것까진……."

여전히 가장 중요한 부분은 알지 못한다. 그것이 마음에 들지 않았던 멸겁도황의 입에서 욕설이 튀어나왔다.

"빌어먹을. 사태 수습의 방향은?"

물음의 방향이 자신이 아니란 것을 인지한 밀영대주가 물러나자 대외총관이 서둘러 답했다.
 "백도의 요청이 아직 유효합니다."
 "백도의 요청이면······. 뭐, 연수?"
 "예, 교주님."
 대외총관의 답에 멸겁도황의 표정이 일그러졌다. 마교의 교주로서 위선자 집단인 백도 나부랭이들과 손을 잡게 생긴 까닭이다.
 "그 방법 외엔 없나?"
 "혈교의 움직임을 조금 더 기다려 보거나, 아니면 우리가 직접 접촉해 볼 수도 있을 것입니다만······."
 "괜히 우스운 꼴 될 수도 있겠지."
 "그렇습니다. 저들이 끝내 적대하든가, 아니면 우리의 접촉을 거절하면 그땐 백도와 손을 잡기에도 곤란해질 겁니다."
 "백도와 해남혈검문이 공멸할 가능성은 어때?"
 멸겁도황의 물음에 대외총관이 조심스럽게 답했다.
 "삼백 년 전에 보여 주었던 능력과 단리세가를 단숨에 부숴 버린 지금의 능력을 감안하면 회의적입니다."
 "그래도 어느 정도 손실은 있을 게 아니야?"
 "그렇긴 하겠지만 우리가 홀로 상대할 만큼 녹록하진 않을 것입니다. 굳이 과거를 돌아보지 않더라도 혈교의 후신을 상대하려면 역시 백도와의 연수만큼 좋은 효과를 볼 만한 대책은 없습니다."

"빌어먹을. 결국 엉덩이 한번 걷어채고 놀라서 달려가는 꼴이 되는구만. 백도로 사절… 보내 봐."

힘겹게 내린 결정에 대외총관이 고개를 조아렸다.

"예, 교주님."

자신의 허락이 떨어지기 무섭게 움직이는 대외총관을 멸겁도황은 못마땅한 시선으로 바라볼 뿐이었다.

† † †

황제의 땅이라 불리는 북직례, 그 중심을 차지하고 있는 북경의 한 대저택.

기치창검을 치켜든 관병들의 서슬 퍼런 시선이 주변을 노려보는 가운데 몇몇 사람들이 조용히 안으로 들어갔다.

"어서 오십시오."

문으로 들어서는 손님을 맞는 이는 호부상서 방민이었다.

"무슨 일인데 이 시간에……?"

"필주께서 소집하신 일이니 일단 들어가서 직접 뵙고 말을 들어 봅시다."

방민의 말에 들어선 이들의 표정은 궁금증으로 가득했다. 그런 이들에게 방민이 말했다.

"들어갑시다. 필주께서 이미 와서 기다리고 계십니다."

그의 말에 사람들이 서둘러 안으로 들었다.

그들이 들어선 방엔 검버섯이 가득한 노인이 상석에 단정한 모습으로 앉아 있었다.

그를 향해 급히 반례를 취한 이들이 각자 자리를 찾아 앉았다.

"다 왔더냐?"

필주, 신국공의 물음에 고개를 조아린 방민이 답했다.

"오 원외랑을 제외하곤 모두 모였사옵니다, 대인."

"오 원외랑은 왜 안 오고?"

신국공의 물음에 그의 왼쪽에 자리한 이가 답했다.

"오 원외랑은 통보가 오기 전에 호광으로 내려갔습니다."

"호광으로?"

"예. 호광성 도지휘사사의 긴한 부탁이라면서……"

뒷말을 흐리는 이는 필의 부주인 예부상서 오량호였다. 그는 오 원외랑과는 사사로이 부자지간이었다.

질문을 받은 방민이 아니라 그가 나서서 답한 이유가 바로 그것에 있었다.

"흠… 그렇지 않아도 호광의 일을 의논하기 위해 오라고들 하였네."

"호광의 일이라 하오시면……?"

"오 원외랑이 내려간 일과 같은 것을 논의하고자 하네."

신국공의 말에 사람들의 표정이 진중해졌다.

필이 문관들의 정치 집단이라고는 하나 거의 신국공의 사조직이나 다름이 없었다.

그것은 오군도독들에 의한 집단지도체제를 택하고 있는 척이나 황실 종친 회의가 의사 결정권을 갖고 있는 번과는 완전히 다른 성격이었다.

그렇기에 여태까지는 신국공의 결정이 바로 필의 결정이나 마찬가지였다.

한데 그 기조가 바뀔 가능성이 보인 것이다.

"말씀하소서."

오량호의 답에 신국공의 말이 이어졌다.

"먼저 호광성 순무가 보낸 전서일세. 읽어들 보게."

신국공이 내민 전서가 방민을 통해 오량호에게 먼저 건네졌다. 전서의 내용은 길지 않았다.

호광에서 벌어지고 있는 강호인들 간의 살인과 방화가 이미 수천의 인명 피해를 내고, 수만의 피난민을 만들어 내고 있습니다.

후일 폐하가 아실까 두렵습니다.

앞에 적힌 내용은 아무것도 아니었다.

호광성 순무가 하고 싶었던 말은 뒷부분에 적힌 몇 글자였다.

"흠……."

 전서를 읽은 이들의 입에서 공통적으로 흘러나온 소리였다.

 "호광성 순무가 하고 싶은 말이 무엇인지는 모두 알았을 것이라 생각하네. 솔직히 광서와 호광에서 벌어지는 일 정도라면 그래도 허용할 생각이었네만, 사천으로 그 불길이 번졌네."

 신국공의 말에 사람들이 의문을 담아 바라보자 방민이 보충 설명을 이었다.

 "오늘 아침에 사천성 순무에게서 전서가 도착하였습니다. 우리의 비호를 받는 강호의 문파가 사천에 자리한 거대 문파 몇 곳을 불태웠습니다."

 방민의 설명에 사람들의 의구심은 더 커졌다. 한 성에 수백 개도 넘는 강호 문파들 중 몇 개가 불탔다고 저런 반응을 보일 리 없기 때문이다.

 자신을 직시하는 시선을 의식한 방민이 결국 말을 덧붙였다.

 "불타 사라진 곳은 사천당가, 아미입니다. 그리고 청성은 대부분의 건물이 부서졌습니다."

 강호에선 어떤 위치에 있는지 모르겠지만 사천당가는 상관없었다. 지금 자리한 이들 중에선 처음 들어 보는 이까지 있었으니까.

하지만 아미의 이름이 거론되었을 땐 두어 명이 흠칫거렸고, 청성의 이름이 불렸을 땐 참석자 모두가 놀란 표정이었다.

"미, 미치지 않고서야!"

오량호가 경악성을 낼 수밖에 없는 이유가 있었다.

아미는 황실 내명부가 직접 불상을 내리고 매년 시주를 하는 유일한 사찰이다.

그것만으로도 문제가 될 텐데 청성은 더 큰 문제다.

청성엔 황실이 직접 자금을 대고 건축한 도관과 도방이 존재했다.

만에 하나 그곳이 불탔다면 걷잡을 수 없는 일로 비화할 수도 있었다.

"황상께서 아시는 것은 시간문제입니다."

방민의 말에 사람들은 이제 이 문제가 얼마나 심각한 일인지 파악했다.

자신들이 비호한 이들이 황실이 지은 도관과 도방을 부수고, 내명부가 관리하는 사찰을 불태웠다.

더 나아가 여기저기 살인을 저지르고 다녔다. 그렇게 죽어나간 이들의 수가 수천이요, 그로 인해 피난을 나선 이들이 수만이라는 보고가 황제의 귀에 들어가면……

"마, 막아야 합니다!"

당황성이 사람들의 입에서 거의 동시에 터져 나왔다.

그런 이들의 시선에도 신국공은 묵묵부답 아무 말도 하지 않았다. 그런 그를 대신해 방민이 상황을 설명했다.

"솔직히 내명부는 크게 걱정하지 않아도 좋을 듯합니다."

"내명부가 관할하는 사찰이 불에 탔거늘, 어찌 걱정하지 않는단 말입니까?"

오량호의 책망에 방민이 조용한 음성으로 말을 이었다.

"이번 일은 우리만 관여된 것이 아닙니다. 잠시 잊으신 모양입니다만, 광서성의 도지휘사사를 움직인 것은 태후 마마십니다."

그제야 여기저기서 탄성이 터져 나왔다.

"아—!"

"그러니 아미는 큰 문제가 되지 않을 것입니다. 하나 청성의 문제는 가볍지 않습니다. 우리는 그 일을 무마할 방법을 찾아야 합니다."

"무마가 가능하리라 보시오? 무마는 불가능한 일이외다. 하니 우리가 할 수 있는 최선책은 책임을 덜어 내는 것뿐입니다."

오량호의 말에 처음을 빼곤 입을 다물고 있던 신국공이 물었다.

"어찌 말인가?"

"잡아야 합니다."

"잡는다?"

"예. 그들을 잡아 더 이상 문제가 확대되지 않도록 만든 후, 우리 입으로 폐하께 상황을 설명 드려야 합니다."

오량호는 이실직고(以實直告)를 말하고 있었다.

관부에서 갖는 이실직고의 위험성에도 불구하고 이번 일은 그것이 생로라는 것을 부정할 수 없었다.

"그럼 어디를 움직여 잡아야 한단 말인가?"

신국공의 물음에 오량호가 조심스럽게 답했다.

"후군도독부를 움직이면 어떻겠습니까?"

그 말에 방민이 고개를 저었다.

"불가합니다. 아시겠지만 후군도독부는 근황군입니다. 그들을 우리 임의대로 움직이는 것은 오히려 청성의 문제보다 더 큰 후환을 만들어 낼 수 있습니다."

"하면 호부상서께선 어찌하자는 것입니까?"

오량호의 물음에 방민이 의미심장한 음성으로 말했다.

"광서 도지휘사사와 호광 도지휘사사를 이용해야 합니다."

"향방군을······."

"오군도독부를 움직이려다 자칫 척에게 우리를 칠 빌미를 제공할 수도 있습니다."

"흠··· 무슨 말인지는 알겠소. 한데 호광 도지휘사사야 우리 쪽이라 가능하다지만 광서 도지휘사사는 어찌 움직이려 하시오?"

오량호의 물음에 방민이 답했다.

"이미 거론되었지만 광서 도지휘사는 태후 마마의 사람입니다. 이번 일에 태후 마마를 끌고 들어가야 합니다. 그것이 훗날 우리의 뒤를 지켜 줄 방패가 될 것입니다."

광서 도지휘사사를 구성하는 이들이 모두 좌군도독부 출신들이기 때문이다.

모두가 알듯이 좌군도독은 태후의 사람이다.

이번 일이 잘못되면 태후도 잘못된다. 그걸 막자면 좌군도독은 자신들에게 적극적으로 협조해야 할 뿐만 아니라, 척이 이 일을 문제 삼지 못하도록 막아 내야 하기도 했다.

그것이 바로 방민이 언급한 뒤를 지키는 방패였다.

그것을 알아차린 이들의 고개가 절로 끄덕여졌다.

그날 내려진 결정을 담은 전서응이 다음 날 아침 호광을 향해 날아갔고, 같은 내용이 담긴 서찰을 들고 방민이 태후를 찾아 황궁으로 향했다.

† † †

태후는 못마땅한 표정으로 서신을 읽어 내려가고 있었다.

"어찌 이런 일이……."

"저희도 미처 예상치 못하였던 일입니다."

"이곳에 적힌 방법이면 해결을 할 수는 있는 것이오?"

"그럴 것이라 믿고 있사옵니다, 태후 마마."
방민의 답에 골똘히 생각하던 태후가 고개를 끄덕였다.
"일단 상의해 보리다."
"시간이 많지 않사옵니다."
"알고 있어요."
태후의 차가운 음성에 방민이 고개를 조아렸다.
"하오면 하명을 기다리겠사옵니다."
"답이 나오는 대로 연통을 하지요. 하니 돌아가서 기다리세요."
축객령과 다름없는 말에 방민은 대례를 올리고 조용히 태후전에서 물러났다.
방민이 물러간 직후, 태후가 앉은 의자 뒤에 세워진 병풍 뒤에서 무관복을 입은 사내가 걸어 나왔다.
그를 바라보며 미소를 지은 태후가 서신을 내밀었다.
"이걸 읽어 보세요."
누구에게도 보인 적 없는 태후의 나긋나긋한 목소리에 마주 미소를 지어 보인 사내가 서신을 받아 펼쳤다.
"흠……."
"어찌하면 좋을까요, 감 랑?"
다른 누군가가 들었다면 기절할 정도의 호칭이다.
감 랑, 이미 선황이 죽은 지 한참이건만 태후가 남편이나 정인에게나 붙일 '랑'이란 호칭을 쓰고 있었다.

다른 사람이 들었다면 심장마비가 와도 이상할 것 없는 호칭을 들은 사내는 그 호칭에 오히려 포근한 미소를 지어 보일 뿐이었다.
 "어려운 일은 아니오. 그대를 위한 일이라면 무슨 짓이라도 할 테니까 걱정하지 마시오."
 "사랑해요, 감 랑."
 행복한 음성으로 속삭이며 안겨 오는 태후를 부드럽게 안는 사내는 좌군도독의 자리에 있는 감온이었다.
 어림군을 제외하곤 명조 최강군이라 불리는 절강군으로 이루어진 좌군도독부를 지휘하는 그가 대역죄로 다스려도 할 말이 없는 일을 벌이고 있었다.
 감히 선황의 비와 정을 통하고 있는 것이다.
 태후전에 걸린 선황의 초상화가 부둥켜안고 있는 두 사람을 무서운 눈으로 내려다보고 있었다.

 태후전에서 연통이 온 건 필의 생각보다 며칠 빨랐다. 그 탓에 필주인 신국공을 비롯한 많은 이들이 놀라야 했다.
 한데 정작 자신들의 명을 받는 호광 도지휘사는 거부의 의사를 밝혀 왔다.
 싸늘한 시선으로 서신을 바라보는 신국공 앞에 엎드린 방민은 그 조용한 분노에 눌려 숨을 쉬기조차 힘들었다.
 "이유를 아느냐?"

"아직 모르옵니다. 해서 사람을… 보내 볼까 하옵니다."
"설득할 자는 필요 없느니라."
"하오면……?"
"목을 가져올 자를 보내거라."
"대, 대인!"
경악하는 방민의 귀로 생각지 않은 음성이 들려온 건 바로 그때였다.
"대인, 소인 오량호입니다."
방문 밖에서 들린 음성에 신국공의 시선이 방민에게 향했다. 그 시선의 의미를 알아들은 방민이 재빨리 답했다.
"이 서신이 온 것을 알린 적은 없사옵니다."
그 말에 잠시 무언가를 생각해 보던 신국공이 서신을 탁자에 펼쳐 두고 답했다.
"들어오라."
곧 방문이 열리고 예부상서인 오량호가 들어왔다.
"대인을 뵈옵니다."
대례를 올리는 오량호를 지그시 바라보던 신국공이 물었다.
"어쩐 일이더냐?"
"그것이… 우선 이 서신을 보아 주십시오."
공손히 들어 바친 서신을 신국공이 펼쳐 들었다.
"흠……."

침음과 함께 시간이 흐르고 신국공의 음성이 이어졌다.
"하면 호광 도지휘사가 우리의 명을 거부한 것이 오 원외랑의 권유 때문이란 소리더냐?"
"그러합니다. 오 원외랑은 그곳에 적힌 대로 군을 동원하면 척에 반드시 빌미를 주게 될 것이라 말하고 있습니다."
오 원외랑, 그러니까 오휘민은 자신의 부친에게 별도로 보낸 서신에서 이번 일로 향방군을 동원하려는 필의 계획을 격렬히 반대했다.
그는 반대의 이유로 단 한 가지만을 제시했다.
그것은 피해였다. 강호인이나 백성들의 피해가 아니라 자신들의 명으로 출동한 향방군의 피해를 말이다.
"이 말대로라면 그렇겠군."
역시 미처 생각지 못했던 맹점이었다.
광서와 호광 도지휘사사의 병력을 동원하면 각기 오만씩 도합 십만이다.
오휘민은 그 병력을 동원하고서도 목표가 될 해남혈검문을 반드시 멸한다고 장담할 수 없노라고 적고 있었다.
설사 성공한다 하더라도 병력의 대부분을 잃게 될 것이란 지적은 솔직히 믿기 어려웠다.
하지만 그 대신에 제시한 방법을 보고선 어쩌면 성공할 수 없다고 말하는 오휘민의 말이 사실일지도 모른다는 생각을 갖게 되었다.

"어찌… 하시겠습니까?"

오량호의 물음에 신국공이 되물었다.

"척이 응하겠는가?"

"부딪쳐 보기 전엔 단언할 수 없을 것이나… 방법이 그뿐이라면 해 내야 하지 않겠습니까?"

오량호의 말에 한참 동안 고심하던 신국공이 고개를 끄덕였다.

"오 원외랑의 의견대로 하지. 병부상서와 후군도독은 우리가 설득해 보겠네. 척은… 자네가 맡아 보게."

"최선을 다하겠습니다."

무거운 음성으로 답한 오량호가 물러가자 신국공의 입에선 걱정 가득한 침음이 흘렀다.

"흠……."

그런 신국공을 바라보며 방민은 도대체 서신에 무슨 내용이 적힌 것인지 몰라 애를 태우고 있었다.

제102장
관부 무림의 별이 지다

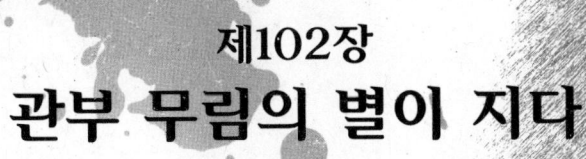

벽사흔과 일행은 동정호를 건넜다.

송덕생이 혹시 부딪칠지도 모른다고 걱정했던 해남혈검문은 흔적도 보이지 않았다.

그들을 기다린다고 소문난 남련의 고수들도 보이지 않긴 매한가지였다.

실제적으로 칼을 휘두르고 피를 볼 일들이 보이지 않아도 동정호 건너엔 묘한 긴장감으로 가득했다.

사공조차 근원을 알 수 없는 두려움에 떨었고, 장사치들도 상점을 닫고, 좌판을 걷었다.

그 탓에 언제나 관광객들로 붐빈다던 동정호변이 썰렁해 보였다.

"어디로 향하시겠습니까?"

송덕생의 물음에 벽사흔이 그를 바라보았다.

"이미 목표는 정해진 거 아니었나?"

"그게… 남련이 무당에 있습니다. 그냥 지나쳐 가면… 나중에 말이 나올 수도 있지 않겠습니까?"

송덕생의 물음에 벽사흔은 콧방귀를 뀌었다.

"내가 내 발로 지나가는데 지들이 무슨 소리. 다른 놈 돌아보고 사정 봐줄 시간 따윈 없어. 지금은 무엇보다 가솔들과 합류하는 데 중점을 둔다."

확고한 벽사흔의 말에 송덕생이 고개를 숙였다.

"알겠습니다, 가주님."

송덕생이 물러나자 송찬이 다가섰다.

"목표가 정해진 건 정해진 거고, 밥은 먹고 가자."

일행 중 가장 마음이 급할 사람을 꼽으라면 벽사흔은 주저 없이 송찬을 선택할 것이었다.

그들이 쫓아가고 있는 가솔들 속엔 간신히 되찾은 그의 아내와 어린아들이 포함되어 있었기 때문이다.

일각이 여삼추일 게 분명한 그가 끼니를 걱정했다.

뭔가 어긋나 보이는 행동에 일행을 돌아본 벽사흔은 그제야 송찬이 그 말을 꺼낸 이유를 알 수 있었다.

송덕생과 고록, 구작의 행색이 말이 아니었던 것이다.

그간 일행의 이동 속도는 그 세 사람이 버텨 낼 수 있는 한계에서 이루어졌다.

그럼에도 불구하고 벽사흔은 속도가 만족스럽지 않았기 때문에 미처 돌아보지 못했던 것이지만, 그 강행군 속에서 세 사람은 체력적으로 한계에 달해 있었다.

그것을 자신보다 정신이 없을 송찬이 챙겼다.

순간 벽사흔은 자신이 무언가를 놓치고 있는 것인지도 모른다는 생각을 하게 되었다.

서두는 것과 맹목적인 것은 분명 다르다. 늦었지만 벽사흔은 그 차이를 구별하기 시작했다.

그러자 엉겁결에 끌고 온 해수에게도 시선이 갔다.

그는 아직 일행들과 달린 적이 없어 그나마 생생해 보였지만 얼굴 한쪽에 드리워진 그늘은 거둬 내지 못하고 있었다.

"그래, 다 먹고살자고 하는 짓이니 먹자. 기왕 먹는 거 남의 살로 먹자."

"남의 살? 아! 고기."

"그래, 체력이 떨어질 땐 고기가 최고니까."

벽사흔의 말에 송덕생 등 세 사람의 얼굴에 미소가 깃들었다.

적어도 가주가 자신들의 어려움을 잊고 있는 건 아니라는 사실을 느낀 까닭이었다.

그 모습에 송찬의 입가에도 희미한 미소가 깃들었다.

"좋지. 어디 오늘 한번 배터지게 먹어 볼까."

송찬의 설레발에 일행들의 입에서 오랜만에 웃음이 터져 나왔다.
 그래도 동정호에서 활동했었다고 객잔을 안내한 것은 해수였다.
 그가 안내한 객잔에서 내놓은 요리들은 흠잡을 곳이 없을 정도로 맛이 있었다.
 "이곳을 어찌 알고?"
 송찬의 물음에 해수가 뒷머리를 긁적이며 답했다.
 "저희도 사람인지라 쉬는 날도 있습니다. 그러면 뭍으로 올라와 놀다가곤 합죠. 대부분은 기루나 주루에서 시간을 보내지만, 간혹 맛난 음식을 찾아 움직일 때도 있으니까요."
 "그럼 이곳도?"
 "예, 저희들 사이에선 꽤나 유명한 집입니다."
 해수의 답에 일행들이 고개를 끄덕였다. 분명 유명해질 만한 실력을 가지고 있는 집이었다.
 식사 중에 벽사흔이 해수의 빈 잔에 술을 채웠다.
 "가, 감사합니다."
 해수는 생각 이상으로 공손했다.
 그게 단순히 구작에게 한 방에 제압당한 이유 때문만은 아니라는 생각이 들었다.
 "너, 나 알지?"
 툭 던진 벽사흔의 물음에 해수가 황급히 바닥에 엎드렸다.

"주, 죽여주십시오, 장군!"

해수의 반응에 벽사흔의 눈에 당황이 들어섰다. 자신의 예상과 전혀 다른 답이 나온 까닭이다.

사실 벽사흔은 무복 소매에 수놓아진 계화 문양으로 자신들의 소속을 알아보고 알아서 고개를 숙이는 것이라 생각했던 것이다.

"장군! 누가? 얘가?"

놀란 눈으로 묻는 송찬의 표정은 경악 그 자체였다. 그건 다른 이들도 마찬가지였다.

관부와 연이 있는 건 어렴풋이 알고 있었지만, 장군의 칭호를 들을 만한 사람이었다고는 생각해 본 적이 없었기 때문이다.

일행의 시선을 애써 외면하며 벽사흔이 해수에게 말했다.

"일단 올라앉아."

"어, 어찌 소인이⋯⋯."

"쓰읍, 앉아!"

명령조의 음성이 나오자마자 해수는 냉큼 의자에 올라앉았다. 그런 그에게 벽사흔의 질문이 이어졌다.

"소속?"

"어림군 구십사 천인대, 구사육 백인대입니다."

"구십 단위면, 상륙 돌격대?"

"예, 장군."

관부 무림의 별이 지다

해수의 답에 옛날 생각을 떠올리며 벽사흔이 물었다.
"언제 알아본 건데?"
"동정호를 건너는 배 안에서⋯⋯."
"배 안에서?"
"예. 육 년 전 대련 상륙 작전 때 한배를 타고 있었던 기억이 나는 바람에 알았습니다."
"대련 상륙 작전이면⋯⋯."
 건주좌위의 반란을 진압하는 과정에서 벌어진 상륙 작전이었다.
 백인대 하나 외에는 모두 급히 징집된 일반병들로 작전을 치른 탓에 당시의 상륙 병력 중 육 할을 잃었던 기억이 남아 있었다.
"너, 수중 전위대구나."
 당시 동행한 어림군 백인대는 모두 수중 전투에 능한 대원들이었다.
 그들의 임무는 사전에 대련 항에 침투해서 적함의 바닥을 뚫어 출항을 못하도록 막는 것이었다.
 벽사흔의 기억이 맞다면 그때 살아남은 수중 전위대 병사들은 열 손가락을 채우지도 못했었다.
"맞습니다, 장군."
"그 호칭 좀 바꾸자. 지금은 장군도 아니고."
"장군이⋯ 아니라닙쇼?"

그도 귀가 있고 눈이 있다.

벽사흔이 어떤 존재였는지 정확히는 몰라도 전장에서 보여 주는 그의 무시무시한 파괴력은 익히 알고 있었다.

거기다 황제와 격의 없이 호형호제하던 모습까지 보았다. 그런 사람이 관직을 벗어난다는 것을 믿을 수 없었다.

"그냥 답답해서 나와 버렸다."

"저, 정말이십니까?"

"아니면 내가 너랑 농담 따먹기 하랴?"

"아, 아닙니다."

당황해하는 해수에게 벽사흔이 웃으며 말했다.

"그러니 장군이라고 부르지 마라."

"하오면 무어라 불러야 하올지?"

"그냥 대충. 장군이나 대인만 아니면 된다."

"아, 아겠습니다, 대협."

해수의 호칭에 피식 웃어 보인 벽사흔이 물었다.

"그나저나 그때 살아남은 애들은 전부 등용이 되었을 텐데?"

"예, 복건성 촌놈이 그때 초관을 달았습죠."

초관(哨官), 종구품 무관직으로 가장 낮은 직급이다.

그래도 엄연히 정식 무관으로 나라에서 녹봉도 나오고 공을 세우면 승차할 수도 있었다.

"한데 어쩌다?"

수적이 되었느냐고 묻는 것이다. 그 속에 든 의미를 알기에 해수가 뒷머리를 긁적거렸다.

"탈영… 했습니다."

"탈영?"

"예, 마음을 준 기녀가 있었는데 도저히 다른 놈들 품에 안기는 걸 못 보겠더라구요. 그래서 데리고 도망쳤습죠."

해수의 답에 벽사흔이 물었다.

"그럼 내자도……?"

같이 수채에 있었느냐고 묻는 것이다. 그 물음에 해수는 씁쓸한 표정으로 고개를 저었다.

"아닙니다. 저랑 도망친 이듬해 다른 놈과 눈 맞아서 떠났습죠."

"쯧."

두 사람의 이야길 곁에서 듣고 있던 송찬의 입에서 나온 소리였다.

그렇게 사람들의 관심이 자신의 부끄러운 과거사에 집중되어 있다는 걸 느낀 해수가 겸연쩍은 표정으로 다시 뒷머리를 긁적였다.

무언가 곤란한 일이 생기면 뒷머리를 긁적이는 것이 버릇인 모양이었다.

"그 후에 수채에 들어간 건가?"

"철들고 배운 거라곤 싸움밖에 없는 놈이 달리 할 일이 없기도 했고, 탈영한 상태라 몸담을 곳도 마땅치 않았습니다."

정식 무관인 초관이 왜 사직을 선택하지 않고 탈영을 했냐고 의아해할 사람들이 있을지 모르지만, 무관들도 의무 복무 기간이라는 것이 있다.

그 기간 안엔 부상이나 전사가 아니고서는 사직을 청할 수 없었다.

"생각이 조금만 더 깊었으면 좋았을 법했다."

"예, 여자가 단 줄 알고… 철이 없었던 거죠."

"아니, 여자란 남자가 일생을 걸 만한 가치가 있지. 하지만 그 방법이 조금 서툴렀단 소리다."

벽사흔의 말에 해수는 다시 뒷머리를 긁적였다. 그런 그에게 벽사흔이 술잔을 내밀었다.

"떠난 사람도 잊고, 죽은 사람도 잊어라. 그런 이들은 가슴에 담는 것이지, 머리에 담는 게 아니다."

스스로도 하지 못하는 일을 타인에게 권하는 자신의 모습에 벽사흔은 남모르게 피식 웃어 버렸다.

그렇게 시선을 돌리던 벽사흔의 눈빛이 반짝 빛났다.

"여기 잠시만 있어라."

자리에서 일어서는 벽사흔을 송찬이 불러 세웠다.

"어디 가게?"

"금방 올 거야. 그러니 기다려."

그 말만 남겨 둔 벽사흔은 곧바로 객잔을 나가 버렸다.

어리둥절했지만 금방 돌아온다는 말에 사람들은 요리를 곁들인 술맛에 금방 빠져 버렸다.

† † †

오휘민은 부친에게서 온 전서를 받고 급히 움직이고 있었다.

무한에서 장사까지 일을 처리하며 이동하기엔 배처럼 좋은 교통수단이 없었다.

그 탓에 배를 탔더니 하루 뱃길에 벌써 땅이 그리웠다.

타고 있던 배가 홍호 포구에 정박하는 두 시진을 배에서 진득하니 기다리지 못하고 뭍으로 올라온 건 그래서였다.

무언가 요깃거리를 찾아 좌판을 훑고 다니던 오휘민은 누군가 자신의 어깨를 치는 느낌에 기절할 듯 놀라서 돌아섰다.

"불러도 모르고 어딜 그렇게 정신없이 가?"

"대, 대인!"

오휘민은 상대를 확인하고 나서야 아무런 기척도 없이 자신이 어깨를 내준 이유를 이해할 수 있었다.

"어디 급한 볼일로 가는 거냐?"

"예."

"어디로 가는 건데? 이곳 현청?"

"아닙니다. 장사로 가는 길입니다."

"장사?"

"예, 대인."

"장사로 가는 놈이 왜 북쪽으로 올라가?"

"아! 배를 타고 내려가던 중에 잠시 정박했습니다. 그사이 뭐 좀 먹을 생각으로 내렸습니다."

비로소 오휘민이 이 작은 포구 마을에 모습을 드러낸 이유를 이해한 벽사흔이 근처 좌판을 가리켰다.

"소면은 어때?"

"저는 상관없습니다."

"그럼 앉자."

벽사흔의 권유에 소면을 파는 좌판에 앉자 주름 가득한 노파가 물었다.

"두 분 다 드실 거유?"

"그럽시다."

"한 그릇에 철전 두 닢씩이유."

노파의 말에 오휘민이 주머니를 뒤적거려 값을 치렀다.

"어이쿠, 아직 은자를 거슬러 줄 만한 돈이 없다우."

아직 점심나절 전이기 때문이다. 곤란해하는 노파에게 오휘민이 웃으며 말했다.

"내가 한 그릇 더 먹을 거고, 나머진 가지셔도 됩니다."

그 말에 노파는 연신 고맙다는 인사를 건넸다.

불어 터진 국수가 맹탕인 국물에 담겨 나온 것이었지만, 벽사흔과 오휘민은 아무 말 없이 잘 먹었다.

"요사이 소문 들으셨습니까?"

"무슨 소문?"

"혈교라던가? 해남검문? 하여간 그런 놈들이 강호에서 판을 친답니다."

"그런가?"

고의적으로 모른척 하는 벽사흔과 달리 오휘민은 원래 강호라면 치를 떨던 벽사흔의 과거 탓에 그가 정말 관심이 없을 것이라고 생각했다.

"예. 아마 조만간 진압되긴 하겠지만 다소 시끄러울 수도 있으니 참고하십시오, 대인."

"진… 압? 강호의 일에 관부가 개입한단 말이냐?"

"워낙 많은 사람들이 상한 데다, 그들이 청성을 부수고 아미를 불태웠습니다."

처음 듣는 소리였지만 그 말만으로도 왜 관부가 개입하려는지 대번에 알 수 있었다.

"폐하께서 대노하셨겠군."

"폐하께선 아직 모르십니다."

답하는 오휘민은 다소 긴장된 표정이었다.

벽사흔을 앞에 두고 황제도 모르게 일을 진행한다고 말하는 것이 얼마나 위험한 것인지 알기 때문이다.

그래도 자신의 스승에게 거짓말을 하고 싶지 않았다.

"폐하도 모르는데 어떻게 진압……. 흐음……."

뒷말이 흐려진 것으로 보아 누가 움직이는지 알아차린 모양이었다.

"필 혼자서는 어려울 텐데? 괜히 어정쩡한 관군 몇만을 움직였다간 돌이킬 수 없는 결과가 나올 수도 있어."

못마땅한 표정이 역력했지만 음성엔 걱정이 가득했다.

아마 그 걱정은 혹 사안을 가볍게 보는 우를 저지르는 이들 속에 어리석은 제자가 끼어 있을까 하는 노파심에서 기인한 것일 터였다.

그걸 알기에 답하는 오휘민의 입가엔 미소가 스며 있었다.

"군대는 동원하지 않기로 하였습니다."

"잘했군. 하면 어찌 막겠다고?"

"전 훈련대장께서 움직이시는 것으로 압니다."

"묵린이가?"

"예."

오휘민의 답에 벽사흔이 걱정스런 음성으로 말했다.

"아무리 그놈이라도 혼자서는 무리일 텐데?"

"북경묵가의 절반이 움직인다고 들었습니다."

"흠… 절반이라……."

사람들은 강호 최강자가 마교라고 말한다.

하지만 벽사흔이 아는 한 단일 문파로 강호 최고의 세력은 북경묵가였다.

 이황은 없다지만 십대고수에 이름을 올린 묵린이 있고, 군위탁생이란 이름으로 묵가에서 무공을 배우는 수련생들의 수가 만 단위였다.

 대략 일 년에 두 번 받아들이고 교육 과정이 삼 년이니 묵가엔 언제나 육만에 달하는 수련생이 존재하는 셈이었다.

 거기다 금군 훈련원 교관들인 묵가 고수들의 수 또한 천 단위를 넘는다.

 괜히 백만 단위를 넘어서는 관부 무림의 중심이라 불리는 게 아닌 것이다.

 오휘민은 그런 묵가의 절반이 움직일 것이라 말하고 있었다.

 '묵린이 지휘하는 삼만이라……'

 결코 경시할 수 없는 전력이었지만 벽사흔은 왠지 불안하게 느껴졌다.

 "그들로 충분하다고 믿나?"

 벽사흔의 물음에 오휘민이 다소 놀란 표정으로 물었다.

 "혹시 모자라다고 생각하십니까?"

 "글쎄…. 그들이 상대해야 할 이들의 능력을 정확히 알지 못하니 뭐라 할 순 없겠지만… 그냥 느낌이 좋지 않아."

 좋지 않은 예감은 희한하게 맞아 들어가는 벽사흔이다.

 자신의 일이었거나 자신이 결정권을 가진 상황이었다면

벽사흔은 절대로 그들만 내보내지 않았을 터였다.
 하지만 자신은 그들에게 영향력을 행사할 수도 없는, 아니 해서도 안 되는 위치였다. 그것이 불안감을 누르고 벽사흔의 입을 막았다.
 결국 벽사흔은 국수를 다 먹고 아쉬운 표정으로 배를 타기 위해 돌아가는 오휘민에게 아무 소리도 하지 못했다.

† † †

 대부분의 사람들은 전격적인 해남혈검문의 움직임에 비춰 볼 때 이미 그들의 본대는 사천을 떠났을 것이라고 말했다.
 그래서 사람들의 시선은 천여 명의 해남혈검문의 무사들이 모여 있는 감리에 몰려 있었다.
 북경을 떠나 고속으로 남하해 온 묵가의 무사들도 바로 그 감리로 향하고 있었다.
 "상대는 천 명이라는데, 너무 많이 가는 건 아닌지 모르겠습니다."
 가주인 묵준상의 물음에 묵린이 고개를 끄덕였다.
 "그저 토끼를 잡을 때도 최선을 다한다는 호랑이의 기분으로 가자꾸나."
 "예, 아버님."
 호기롭게 답하는 가주를 잠시 바라본 묵린은 저만치 이동한 선두 쪽으로 달려갔다.

 지리를 잘 아는 묵가의 고수를 선도로 세워 놓긴 하였으나 가끔 확인하지 않으면 괜히 불안해지기 때문이었다.

 그런 부친의 멀어지는 뒷모습을 가주가 미소로 바라보았다.

 감리는 상당히 작은 포구다.

 도시도 작고, 주변 관광지도 드물어서 그저 흔한 작은 어촌이라 보면 되는 곳이었다.

 그곳에 얼마 전부터 다수의 사내들이 머물고 있었다. 마을 외곽이라고는 하나 우락부락한 데다 칼까지 차고 있는 사내들이 천 명이나 되니 마을 사람들로서는 여간 무서운 것이 아니었다.

 그 탓에 그들이 천막을 치고 노숙하는 평지 쪽으론 시선조차 잘 주지 않았다.

 한데 그랬던 마을 사람들이 언제부터인가 그 사내들을 노골적으로 바라보기 시작했다. 그건 구경이라기보단 관찰이었고, 감시였다.

 "뭔가 이상합니다."

 수하의 말에 백천이 고개를 끄덕였다.

 "아무래도 뭔가 벌어지려는 모양이로군."

 "어찌… 하올까요?"

수하의 물음에 잠시 생각해 보던 백천이 답했다.
"곧 공격당할 것 같은 위협이 아니라면 모른 척하고 기다린다."
"하지만 이것이 기습을 위한 정보 수집이라면… 위험할 수도 있습니다."
혈주가 함께 머물고 있다면 이따위 말은 나오지도 않았을 것이다.
그러나 혈주는 지금 자신들과 함께 있지 않았다.
하지만…
"곧 돌아오신다. 이틀, 이틀만 참아 보자."
백천의 말에 수하는 고개를 숙여 보이곤 밖으로 나갔다.
수하를 내보낸 백천은 품에 갈무리해 놓았던 전서를 꺼내 들었다.
어제 도착한 전서 속에 말려 있던 진짜 전서였다.
이 전서에 의하면 자신의 주군인 혈주는 꽤나 강렬한 한 방을 준비 중이었다.
그것을 위해서는 작지 않은 희생이 필요했다.
불가피하다는 것은 알고 있었지만 그렇게 죽어 나갈 사람들이 검각의 제자들이라는 점이 마음을 무겁게 만들고 있었다. 그 탓에 백천이 할 수 있는 것은 기도뿐이었다.
'제발 빨리 오길. 그리고 가능한 적게 죽길.'
물론 그 기도는 검각의 무사들을 위한 기도였다.

관부 무림의 별이 지다 • 271

이율배반적으로 적에 대해서 백천이 한 기도는 차마 입에 담기 참람할 정도의 것이었다.

그렇게 기도하는 자를 향해 두 무리가 달려오고 있었다.

아직은 신이 누구의 손을 들어 줄지 결정을 내리지 않은 시점이었다.

묵가는 무공에도 뛰어나지만 병법에도 상당한 식견을 가지고 있었다.

묵병지서(墨兵之書)라는 고유의 병법서를 가지고 있었고, 그것은 명군 삼대 병법서 중 하나로 취급될 정도로 뛰어난 내용을 담고 있었다.

그 묵가의 병법이 펼쳐졌다.

삼만의 묵가 무사들이 감리를 물샐틈없이 포위한 상태에서 고르고 고른 천여 명의 묵가 고수들을 이끌고 묵린이 천천히 감리 안으로 들어섰다.

이미 이들의 접근을 눈치챈 해남혈검문 무사들은 둥근 원진을 구성한 채 그들을 맞았다.

"역도들은 나와 칼을 받으라!"

추상같은 호령이 묵린의 입에서 터져 나왔다.

그에 맞서 나선 백천은 상대의 기백에 주눅이 드는 자신을 애써 추스르며 마주 고함을 질렀다.

"역도? 어찌하여 우리가 역도란 말인가?"

"황실의 도량과 불전을 부수고 불태우고서도 그런 말이 나오는가?"

묵린의 호통에 백천은 당황한 빛이 역력했다.

"우린 그런 적이 없다!"

"그대들이 청성과 아미를 부수고 불태우지 않았단 말인가?"

"강호의 문파인 청성과 아미가 언제부터 황실의 도량과 불전이 되었단 말인가?"

상대의 억지라 생각한 백천의 물음이었지만 돌아온 답은 예상을 뒤엎는 것이었다.

"명조의 개국을 기념하여 홍무제께서 청성에 도관을 세우시고, 만세의 역사를 기원하여 또한 청성에 도방을 세우셨다. 홍무제의 후(后)이신 효자고황후(孝慈高皇后)께오서 황실 번영을 기원하며 아미에 불전을 세운 것을 몰랐단 말인가?"

정말로 몰랐다. 하지만 이 상황에서 몰랐다고 답하기도 우스웠다.

아니, 체면이고 뭐고 다 던지고 몰랐다고 말한다 쳐도 상대가 이해하고 물러가지 않을 것이니 굳이 무지를 드러낼 이유도 없었다.

그 탓에 백천은 다른 말을 꺼내 들었다.

"설사 그렇다 한들 그대들이 무슨 상관인가?"

"우리는 관부 무림인으로 대역죄를 다스리고자 한다!"

"대역죄는 관부에서 다룰 일. 관군이 아닌 이들이 어찌 대역죄를 입에 담으며 위협을 하는가? 또한 설사 그것이 사실일지라도 강호와 관부는 서로 침범치 않는 것이 원칙이니 그대들이 나설 이유가 없다."

백천의 말에 묵린이 사납게 외쳤다.

"궤변이로다! 감히 대명의 하늘 아래 살며 황실의 신민이 아니라 말하는가? 도저히 묵고할 수 없으니 오늘 내 칼과 피로 너희들의 방자함을 벌하여 황실의 권위를 세우리라! 쳐라!"

묵린의 명이 떨어지고 이내 함성이 울렸다.

와아아아아~

그나마 달려오는 이들의 수가 자신들과 비슷한 천여 명이라는 것이 다행이었다.

'제발 빨리!'

속으로 외친 백천이 수하들에게 명했다.

"막아라!"

와아아아~

이쪽에서도 함성이 터져 나오고 이내 양측 무사들이 서로를 향해 달려가 부딪쳤다.

쾅-

사람들과 사람들이 부딪쳤는데 마치 벽력탄이 터지는 듯

한 소리가 울려 퍼졌다.

 고르고 고른 묵가의 고수들이 해남혈검문 무사들과 백중세를 이뤘다.

 백천과 함께 있는 이들은 검각과 해남검문 출신의 무사들이다. 북경묵가의 고수들만큼 무공으로 단련된 이들이었던 것이다.

 손쉽게 정리할 수 있을 것이라 생각했던 묵린은 다소 당황했다.

 결국 뒤에서 상황만 보고 있던 그가 창을 들고 싸움터로 발을 들여놓았다.

 십대고수.

 그들이 왜 신인이라 불리는지를 묵린은 여실히 보여 주었다. 신들린 듯한 그의 창술에 휘말린 해남혈검문의 무사들이 가랑잎처럼 튕겨 나갔다.

 그의 무림명이 왜 창존인지 증명이라도 해 보이려는 듯 묵린의 움직임과 그의 창은 완벽하게 동화되어 있었다.

 홀로 거의 백여 명이 넘는 고수들을 베어 넘긴 창존이 드디어 백천과 마주 섰다.

 "네놈의 목을 베어 황실의 존엄함을 세우리라!"

 충분히 위협이 될 만남임에도 불구하고 백천은 두려움은커녕 희미한 미소까지 지어 보였다.

 한데 그런 백천의 시선이 마주 선 자신이 아니라 그 뒤로 향하고 있다는 것을 알아차린 묵린의 시선이 천천히 돌려졌다.
"흐음……."
절로 앓는 음성이 새어 나왔다.
그럴 수밖에 없는 것이, 언제 움직인 것인지 자신들을 둘러싼 이들의 모습이 그곳에 있었기 때문이다.
특히 그들의 맨 앞, 찌르는 듯한 눈빛의 청년이 주는 위압감은 감히 창을 겨눌 엄두조차 나지 않을 정도였다.
그런 사람이 뒤에 섰음에도 알지 못했던 것이 의아할 정도였다.
묵린이 뒤를 바라보자 해남혈검문과 한창 싸움을 벌이던 묵가의 무사들도 상대를 물리고 뒤를 바라보았다.
경악, 놀람, 당황, 절망. 수도 없는 감정이 파도가 되어 묵린에게 밀어닥쳤다.
주변을 둘러싸고 있던 삼만의 수련생은 모습조차 보이지 않았다. 대신 천여 명에 달하는 적의 새로운 무리뿐이다.
그 상황이 말해 주는 가능성을 묵린은 믿고 싶지 않았다. 아니, 소리 없이 삼만의 수련생을 일천 명이 도륙할 수 있다는 것을 믿을 수 없었다.
그런 묵린에게 문제의 청년이 천천히 다가왔다.
척-
긴장한 주변의 무사들이 창을 치켜들었다.
스걱-

다가서는 청년의 손에서 일어난 빛줄기 하나가 섬뜩한 음향을 이끌고 무사들을 지나갔다.

털썩, 털썩, 털썩.

십여 명이 넘는 묵가의 고수들이 깨끗하게 목이 날아간 채 바닥에 뒹굴었다.

어쩌면 그럴 것이라고 예상이라도 했었는지 묵린은 놀라지도 않았다.

그런 묵린을 향해 청년은 거침없이 다가왔다.

죽을 때 죽더라도 내질러는 봐야지!

언젠가 관부 무인들에게 무신이라 불리던 이가 자신에게 던져 주었던 말이 갑자기 기억 속에서 튀어 올랐다.

순간 묵린의 창이 번개처럼 움직였다.

서걱-

빛 하나가 청년의 손을 떠나 창을 내지르고 있는 묵린을 관통해 지나갔다.

털썩.

힘없이 한쪽 무릎이 꺾인 묵린이 기울어지는 몸을 창을 지지대 삼아 세웠다.

그런 그의 앞에 도달한 청년이 그를 물끄러미 내려다보았다.

"수하들을… 살려 줄 수 있겠소?"

묵린의 물음에 청년은 천천히 고개를 저었다. 그에 묵린이 희미하게 웃었다.

"그럴 것 같았소. 당신은 그분과 다르니까."

푸확-

의미를 알 수 없는 말을 남긴 묵린은 수십 조각으로 나뉘어 무너졌다.

그에게서 시선을 거둔 청년, 혈주가 차갑게 명했다.

"모두 죽여라!"

와아아아~

함성을 지르며 해남혈검문 무사들이 멍하니 묵린의 시신을 바라보고 서 있던 묵가의 무사들에게 달려들었다.

신앙처럼 믿었던 자신들의 태상가주를 잃은 데다, 앞과 뒤로 적을 맞은 묵가의 무사들은 너무나 덧없이 쓰러져 갔다.

 동정호에 연결된 장강변의 작은 어촌 마을 감리에 다수의 관병이 북적거렸다.
 "모두 북경묵가의 사람들입니다."
 수하의 보고에 석수부의 추관은 굳은 표정을 풀지 못했다.
 비록 문관으로 안찰사사의 업무를 맡고 있었지만 북경묵가가 관부 무림에서 어떤 의미를 가지고 있는지 잘 알고 있는 그는 이번 일이 결코 조용히 지나갈 수 없는 것임을 직감하고 있었다.
 "신원 확인이 가능한 사람이 있나?"
 "대부분 호패를 가지고 있어서 신원 확인은 가능합니다. 한데 그중 몇 개가 조금 이상합니다."

"이상하다니, 뭐가?"
"이거 보십시오. 이상한 것들 중 하나입니다만……."
수하가 내민 것은 호패의 테두리를 옥으로 감싼 것이었다.
"흐음……."
신음 같은 비명이 추관의 입에서 새어 나왔다.
"왜 그러십니까?"
걱정스런 수하의 물음에 추관이 답했다.
"당상관의 호패다."
"다, 당상관이요?"
종삼품 이상의 관리를 칭하는 말, 당상관.
감리에 나온 추관과 포교들이 소속된 석수부의 지부가 정사품이니 이 호패를 가진 이들의 지위는 짐작되고도 남았다.
"이런 호패가 얼마나 되느냐?"
"배, 백 개도 넘습니다."
답하는 포교의 표정은 울기 직전의 것이었다.
"즉시 지부 대인께 전갈을 보내라. 우리 능력은 넘어가는 것 같다고. 호광성 안찰사사로 이첩하겠노라 말씀드려라."
"예, 추관 대인."
"그리고 즉시 호광성 안찰사사로 전갈을 보내라."
"예, 대인."
발 빠른 말을 탄 포교 둘이 각기 남쪽과 북쪽을 향해 빠르게 달려 나갔다.

호광성 안찰사사로 접수된 석수부의 장계가 보류로 분류되었다.
그리고 장계의 내용을 그대로 베껴 쓴 전서가 황급히 호부상서 방민에게로 날아갔다.
"대인!"
다급한 음성의 주인을 알아차린 신국공이 답했다.
"들라."
허락이 떨어지기 무섭게 방 안으로 들어선 이는 예상대로 호부상서 방민이었다.
"크, 큰일 났습니다, 대인."
"큰일이라니, 무슨 일이냐?"
"무, 묵가가 박살이 났답니다."
"그게 무슨 소리야!"
웬만한 일론 눈 하나 깜짝하지 않는 신국공이 버럭 소리를 지를 만큼 놀라고 있었다.
"방금 호광성 안찰사로부터 전서를 받았사온데… 묵가의 시신들을 발견하였다 하옵니다."
"전서, 전서는 어디에 있나?"
신국공의 말에 방민이 서둘러 서신 하나를 내밀었다.
그것을 뺏듯이 채 가서 읽어 내려가는 신국공의 얼굴에서 핏기가 빠져나가고 있었다.
"마, 막아라."
"무엇을 말이옵니까?"
"소문, 소문을 막아라."
"대, 대인……."
"반드시 막아야 한다. 막지 못하면 우리가 죽는다."
눈에서 광기가 돌았다.
 지금 같은 신국공의 모습을 방민은 본 적이 없었다. 그런 사람 앞에서 안 된다는 말은 할 수가 없었다.
"아, 알겠습니다."
 엉겁결에 답을 하고 나온 방민은 서둘러 자신의 집무실로 달렸다.
 그곳에서 그는 신국공이 자신에게 한 것과 똑같은 말을 써서 전서로 날려 보냈다.
 그리고 그는 또 다른 전서 하나를 급히 써서 금자 이십만 냥짜리 전표와 함께 날려 보냈다.
 그렇게 두 번째 전서를 달고 날아오른 것은 비둘기나 매가 아닌 까마귀였다.

 호광성 안찰사인 구확은 방민이 보내온 답신을 들고 한참 동안 움직이지 못했다.
 죽은 이들의 수가 만 단위를 넘고, 시신들의 목격자만 수백 명인 일이다.

그 일이 소문으로 퍼져 나가는 일을 막으라니. 못 막으면 안찰사 자신과 필, 모두 끝장이라는 구절이 자꾸 눈에 밟혔다.

"하~"

깊은 한숨을 쉬고 일어난 안찰사가 조용히 움직이기 시작했다.

무언가 일을 조용히 만드는 것. 안찰사는 그것의 가장 확실한 방법을 알고 있었다.

사자무언(死者無言)

안찰사의 서신을 품은 파발이 여전히 현장을 장악하고 있는 석수부의 추관에게로 달렸다.

다음 날 새벽, 감리는 느닷없는 비명과 화마에 휩싸였다.

"시신들은 어찌합니까?"

수하 포교의 물음에 추관은 딱딱하게 굳은 표정으로 답했다.

"모두… 불에 던져 넣어라."

"예, 추관 대인."

복명한 포교가 묵가 무사들의 시신을 수습해 놓았던 곳으로 움직이고 이내 기다리던 포쾌들이 불타오르는 감리의 불길 속으로 그 시신들을 던져 넣기 시작했다.

이번 일이 시도될 수 있었던 이유는 사건을 접수받고 석수부의 포교들이 출동한 이후, 감리가 완벽하게 외부와 차단이 되어 있었기 때문이었다.

감리를 외부와 차단한 것은 특별히 지금과 같은 상황을 염두에 둔 탓은 아니었다.

홍수와 연관된 이들이 마을 사람들과 섞여 있을지도 모른다는 단순한 생각 때문이었다.

더구나 마을 사람들도 혹 그런 의심을 살까 두려워한 나머지 시신을 발견한 직후 아무도 마을 밖으로 벗어나지 않았다고 했다.

그 두 조건이 맞아떨어져 호광성 안찰사가 지시한 일을 성공리에 마무리 지을 수 있었다.

이제 저 불길이 잦아들면 자신들의 임무만 바꾸면 된다. 묵가 무사들의 살인 사건이 아니라, 마적패가 감리란 마을에 불을 질러 마을 주민들을 모조리 학살한 사건으로 말이다.

시신을 모두 불길 속에 던져 넣은 포교와 포쾌들이 자신들이 지른 불길을 물끄러미 바라보고 있었다. 사건이 생긴 건 바로 그때였다.

털썩-

멀쩡하게 서 있던 포쾌 하나가 힘없이 쓰러진 것이다.

주위 사람들이 놀라서 그에게 다가가는 순간 사방에서 날카로운 표창들이 날아들었다.

푸부부부북!

아직 어두운 새벽의 여명 속에서 날아드는 표창 세례는 이백에 달하는 포교와 포쾌들을 순식간에 벌집으로 만들어 버렸다.

모든 이들이 죽어 나간 직후, 어둠과 그늘 속에서 야행복과 복면으로 자신들을 완벽히 가린 이들이 일어섰다.

"이들까지 불길 속으로 던져 넣어라."

복면인들의 지휘자쯤으로 보이는 이의 음성에 삼십여 명 남짓한 복면인들이 재빨리 포교와 포쾌들의 시신을 불길 속에 던져 넣었다.

마치 방금 전 포교와 포쾌들이 벌인 일을 따라 하듯이 말이다.

복면인들은 불길이 완전히 사그라지는 다음 날 아침이 되어서야 현장을 빠져나갔다.

† † †

감리가 불타오르던 시간, 중원 도량의 중심이라는 무당산으로 다수의 사람들이 접근하고 있었다. 그들의 허리엔 피처럼 붉은 천이 매어져 있었다.
"무당산을 포위했습니다."
수하의 보고에 진서랑과 마주 앉아 있던 백천의 고개가 끄덕여졌다.
"알았으니 물러가 경비에 만전을 기하라."
"예, 부문주님."
복명한 수하가 물러가자 조용히 앉아 있던 진서랑이 입을 열었다.
"어느 정도나 모여 있을 거라 보시오?"
"소문대로라면 천 안쪽일 겁니다……. 그간 우리가 진군하며 베어 버린 이들의 수도 있으니 말입니다."
"소문은 그러합니다만, 구파란 이들은 워낙 능구렁이 같은 작자들이니 단정할 수만은 없을 것입니다."
"물론 그렇지요. 하나 그간 취합된 정보대로라면 이곳은 결전의 장소는 아닙니다."
"그야… 놈들이 모두 팽가로 모여들고 있다지요?"
"예, 소림일 것이라 예상했는데 조금 더 북쪽을 택했더군요."
백천의 답에 진서랑이 비틀린 미소를 그렸다.
"놈들이 관부의 등 뒤로 숨은 겁니다."
"예?"
"팽가가 들어앉은 숭덕이 어디입니까? 북경의 북쪽이 아니겠습니까? 우린 그곳에서 싸움을 벌일 수 없어요."

자금성이 들어앉은 북경을 벗어났더라도 북직례는 황제의 땅이다.

그곳에서 창칼을 휘두른다는 것은 모반을 결심하지 않고서는 불가능한 일이었다.

"흠… 그것은 저도 걱정입니다. 행여 혈주께서 그런 것을 무시하실까 봐 말입니다."

며칠 전까진 이런 걱정을 하지 않았다.

삼백 년 전의 혈황에 대한 기록과 완전히 다른 혈주의 심약한 모습에 다소 불만까지 가지고 있었으니까 말이다.

하지만 마치 악마적 근성을 꺼내 보일 기회만 노려 왔다는 듯이 혈주는 관부 무림의 중심이라 불리는 묵가의 고수들 삼만을 단숨에 도륙해 버렸다. 그때의 기세라면 황궁마저 짓밟자고 할 듯했던 것이다.

"그렇게까진 하지 않으시겠지요."

진서랑의 음성엔 자신감이 별로 없어 보였다. 그런 두 사람의 공기가 흔들리며 혈주가 들어섰다.

"뭘 그렇게까지 하지 않을 거란 것이오, 진 부문주?"

"오, 오셨습니까, 혈주?"

"마치 내가 어디로 떠났다 오는 사람처럼 그러시는구려."

"제, 제가 말씀입니까?"

자신이 한 말 때문인지 당황해 하는 진서랑을 돕기 위해

은폐(隱蔽)에 눈이 멀다 • 289

백천이 나섰다.
"그저 반갑기에 드린 말씀일 것입니다."
"뭐, 인사는 그렇다 치고, 내가 물은 말의 뜻은 무엇이었는지 그대가 말해 주시겠소, 백 부문주?"
"그, 그게······."
자신의 물음에 백천마저 당황하자 빙그레 웃어 보인 혈주가 태사의에 앉으며 말했다.
"왜, 황궁이라도 치자고 할까 봐 걱정이라도 하고 있었던 것이오?"
"혀, 혈주!"
당황하는 두 사람을 바라보며 다시 한 번 웃어 보인 혈주가 말을 이었다.
"그런 일은 없을 거요. 황궁을 뒤집어엎는 것이야 어려울 것이 없겠으나 제국을 쓰러트릴 생각은 없소. 물론 나라를 세우거나 황제의 자리를 탐할 마음도 없고 말이요."
"저, 정말이십니까?"
"내가 거짓을 말할 이유가 없질 않소?"
"그, 그런 의미로 드린 말씀은 아니었습니다. 용서하십시오."
진서랑의 사과에 혈주가 웃으며 고개를 저었다.
"진 부문주의 마음은 잘 알고 있으니 오해는 하지 않소."
아들 진조량으로 착각할 만큼 익숙한 말투와 눈빛이었다.

그 표정을 읽었던지 혈주의 미소가 조금 더 진해졌다.
 "마음을 달리 말하면 영혼이라고도 부른다고 하더이다. 영혼이 살아 있는 한, 그 사람이 사라지는 법은 없는 게요, 진부문주."
 혈주의 말에 진서랑의 눈에서 눈물이 흘러내렸다.
 "감사합니다, 혈주."
 "감사는 날 있게 해 준 그대에게 내가 해야 할 일인 것을……."
 걱정과 긴장으로 차올랐던 천막 안은 먹먹한 애정으로 채워졌다. 그 속에서 혈주가 말을 이었다.
 "내가 관부 무림에 과격하게 대응한 것을 두고 걱정하는 모양이니 그 이유를 설명해 주겠소."
 "그리해 주신다니 황공할 뿐입니다, 혈주."
 백천의 인사에 고개를 주억거린 혈주가 설명을 시작했다.
 "이번에 동원된 묵가는 황제가 보낸 것이 아니요. 황제가 보냈다면 그들이 아니라 황군이 왔을 터이니까 말이요."
 "그것이 다르다고 보십니까?"
 "다르지. 달라도 많이 다르오."
 "어찌 말씀입니까?"
 백천의 물음에 혈주가 답했다.
 "황제가 모르게 관부 무림을 움직인다는 것은 관부의 체계상 있을 수 없는 일이기 때문이오. 관부에서 무력은 오로지 황제 한 사람을 위해 존재하는 것이오. 그것이 사사로이 이용된다면 관부는 그 일을 역모라 부르오."

비로소 백천과 진서랑은 혈주가 하고자 하는 말의 윤곽을 짐작할 수 있었다.

"하면 저들이 황제의 분노를 살 것이란 말씀이십니까?"

"그만한 일을 벌일 만한 이들의 머리가 그리 나쁘진 않을 터. 아마도 은폐하려 들 것이오."

"은폐……."

조용히 뇌까리던 백천이 다시 혈주에게 물었다.

"하면 그 일이 그대로 묻힌단 말입니까?"

"당분간은. 대신 저들은 이전보다 쉽게 움직이지 못할 것이오. 그러는 동안 우리에겐 행동의 자유가 보장되는 것이고. 하니 우리는 저들이 방법을 강구 해내기 이전에 서둘러 강호의 일을 마무리 져야 할 것이오."

혈주의 말에 백천은 놀란 표정을 감추지 못했다.

마기를 주체하지 못해 벌인 일인 줄 알았더니, 그렇게 치밀한 생각하에 벌인 일이라는 것을 알게 되었기 때문이다.

그것은 진서랑도 마찬가지다. 다만 백천이 주군에 대한 감탄이었다면, 진서랑은 생각지 못한 시간에 훌쩍 커 버린 자식을 바라보는 대견함이었다.

그런 둘의 시선이 부담되었던지 혈주가 헛기침을 하며 화제를 돌렸다.

"험험! 이제 무당을 손볼 계획을 세워 봅시다."
"아! 예."
비로소 백천과 진서랑이 현실로 돌아왔다.
"공격은 어디를 내세울 생각이오?"
혈주의 물음에 백천이 답했다.
"지난 며칠간 우린 주력만을 사용하여 왔습니다."
"지난 단리세가와의 싸움 때 보니 내세워 봐야 피해만 늘리겠기에 취한 조치가 아니오."
"그렇습니다. 우리는 가능한 한 불필요한 피해를 내지 않기 위해 취한 조치였습니다만, 그것을 저들은 오히려 불안해하고 있습니다."
"불안해한다?"
"예."
"이유가 무엇이오?"
"자신들이 쓸모없어지면 버림을 받을지 모른다는 생각을 하는 모양입니다."
"왜 그런 엉터리 생각을!"
놀라는 혈주에게 이유를 설명하고 나선 것은 백천이 아니라 진서랑이었다.
"그건 아마도 삼백 년 전의 소문이 아직도 영향을 끼치기 때문일 것입니다."
"내 잔혹함을 말하는 모양이구려."

혈주의 말에 진서랑은 어색한 미소를 지으며 답했다.
"예, 저들은 아직 혈주의 본모습을 잘 모르니까요. 해서 드리는 말씀입니다만, 지금의 모습을 조금 더 자주 무사들에게 드러내 보이시는 것이 어떨까 합니다만."
진서랑의 권유에 혈주는 오래 생각해 볼 필요도 없다는 듯이 곧바로 고개를 저었다.
"아직은 그럴 상황이 아니오."
"왜… 입니까?"
예상외였던지 물어보는 진서랑과 지켜보는 백천의 표정엔 다소 당황한 감이 없지 않았다.
"아직은 삼백 년 전의 공포가 필요한 시기이기 때문이오. 과거의 공포가 우리의 일을 쉽게 만들고 있소. 또한 그것이 불필요한 출혈을 막고 있기도 하고. 내 본모습을 드러내는 것은 십대무파를 격파하고 난 뒤에 할 일이요."
"왜 그때서야……?"
"십대무파가 무너지면 그땐 공포가 아니라 투항하면 살 수 있다는 생각을 심어 주어야 하기 때문이오."
"하면 동정십팔채를 정리하신 것도……?"
진서랑의 물음에 혈주가 고개를 끄덕였다.
"아직은 내가 과거의 피와 공포 속에 존재해야 하기 때문이오."
이제야 또 하나의 의문이 풀린 두 사람은 연신 고개를 끄덕였다. 그런 두 사람에게 혈주가 명했다.

"하니 내 본모습은 여전히 감춰 두고, 저들의 일을 해결해 봅시다. 방법은 이미 세워 두었을 거라 믿소만."

믿음에 기반을 둔 혈주의 물음에 백천이 미소를 띠고 답했다.

"이번 공격엔 저들도 참여시킬 생각입니다."

"설마 선봉에 세울 생각은 아닐 거라 믿소만."

"선봉에도 어느 정도는 세울 생각입니다."

"공평… 그걸 생각하는 게요?"

"예, 혈주."

"흠… 그것이 해결 방법이 된다면, 그리하시오."

"감사합니다, 혈주."

"감사는 그대가 아니라 불안해하는 이들이 해야 하는 것이겠지."

혈주의 말에 백천과 진서랑이 희미하게 웃었다.

 어제와 다름없는 새벽안개 속에 싱그러운 무당의 영기가 흘렀다.
 잠시 후면 무당산 구석구석을 비추며 자신을 흩어 줄 햇볕을 기다리던 새벽안개가 갑자기 출렁거리기 시작했다.
 뿌연 안개 속에서 희미하게 신음과 혈향이 묻어나는 듯했다.
 푸확-
 붉은 피가 안개 저쪽에서 튀어나왔다.
 그 피의 주인이 분명할 이의 머리 없는 몸뚱이가 비척이며 걷다 모로 쓰러졌다.
 털썩-

그자의 시신을 밟고 사람들이 지나갔다. 그들의 허리엔 피처럼 붉은 천이 매어져 있었다.

해남혈검문의 무당산 공략은 새벽안개가 자욱한 시간에 시작되었다.

새벽안개 속에서 이루어진 해남혈검문의 공격을 남련의 고수들이 알아차렸을 땐 이미 무당산 자락을 남련 고수들의 피로 물들인 연후였다.

한발 늦었지만 남련은 곧바로 대응했다.

모든 고수들이 사전에 약속되어 있던 곳으로 달려갔고, 이내 진짜 싸움이 시작되었다.

상대의 피해를 강제하기 위해 철저하게 선정된 위치에서 남련의 고수들은 무당산으로 오르는 해남혈검문의 무사들을 상대했다.

무당산의 험준함을 이용한 남련의 작전은 초기엔 어느 정도 성과를 보이는 듯도 했다.

얼마 전 동정호변에서 있었던 남련 무사들과의 싸움과 달리 해남혈검문 무사들의 피해가 제법 나오고 있었기 때문이다.

하지만 그런 작은 우세는 완전히 걷힌 새벽안개와 함께 흔적도 없이 사라졌다.

해남혈검문 무사들의 앞에 혈주가 나선 탓이었다.

그의 검을 제대로 받는 이가 없었다.

 한 문파의 문주 셋이 일수에 두 토막 난 시신이 되어 무당의 잔도(棧道) 위에 쓰러졌고, 초극의 경지에 있던 핵심 무사 여덟이 펼친 저지선은 세 수 만에 그들의 핏속에 깨어졌다.

 남련의 무사들은 자신들의 목숨에 연연하지 않고 강렬하게 저항했지만, 선두에 서서 무심히 검을 휘두르는 혈주의 공격을 막아 낼 수 없었다.

 공격이 시작된 지 반 시진, 그 유명한 해검지가 남련 무사들의 피로 붉게 변했고, 산문이 부서졌다.

 마지막 결사의 의지로 저지선을 편 이백의 고수들과 무당의 장문인은 무너지는 접객당과 함께 파란만장했던 생애의 종지부를 찍어야 했다.

 무당산 정상에서 검은 연기가 솟구쳤다.

 우거진 숲 사이로 언뜻언뜻 무섭게 요동치는 화마의 그림자가 보였지만, 그것을 끄러 달려가야 할 무당과 남련의 고수들은 살아남아 있지 않았다.

† † †

 무당이 불타오르던 날 늦은 오후, 벽사흔과 일행은 드디어 팽가에 도착하고 있었다.

"가주님!"

 가장 먼저 그를 발견하고 달려온 것은 팽가의 정문에 매일같이 나와 기다리던 벽갈평이었다.

 누구를 이끌고 달려와 풀썩 안기는 벽갈평의 등을 벽사흔은 어색한 미소를 지으며 두드렸다.

 잠시 후 격동이 가라앉은 벽갈평이 떨어지자 벽사흔이 물었다.

"모두 무사한 거지?"

"예, 가주님."

 자랑스럽게 답하는 그에게 벽사흔이 말했다.

"수고했다."

"아닙니다."

 벽갈평의 음성과 동시에 다른 이들의 음성이 뒤섞여 들렸다.

"가주님!"

"왔냐?"

 기쁜 표정으로 달려 나온 팽렬과 벽라 등 벽가의 수뇌들과 미소를 띤 도왕의 음성이었다.

"가솔들이 무사하다니, 다 잘해 주었다."

"감사합니다."

 수뇌들의 들뜬 음성에 미소를 보인 벽사흔의 시선이 도왕에게 향했다.

"고맙다."

"뭐가?"

"우리 가솔들을 보호해 줘서."

"별소릴 다 한다."

겸연쩍어하는 도왕에게 가볍게 포권을 취해 보인 벽사흔이 주변을 둘러보았다.

"왜?"

"이 자식은 왜 안 보여?"

"누구?"

"도군."

벽사흔의 답에 도왕을 비롯한 사람들의 표정이 어두워졌다.

"아직 몰랐던 거냐?"

"뭐가?"

"도군과 단리세가의 무사들이 남녕과 합산 중간에서 해남혈검문의 진격을 막았다."

도왕의 말에 벽사흔의 표정이 굳었다.

굳이 삼백 년 전의 기록을 세세히 떠올리지 않아도 단리세가만으로 막을 수 없는 이들이란 건 알고 있었다. 한데도 그들이 막아섰다면…….

"왜?"

그들의 위험성을 모를 이들이 아니다. 그럼에도 왜 나서야 했는지 알 수 없어 물은 것이었다. 그 물음의 답은 뒤늦게 소식을 듣고 달려 나온 단리세가의 총관이 했다.
"세가 가솔들이 도주할 시간을 벌기 위해서였습니다."
귀에 익숙한 음성에 고개를 돌린 벽사흔의 시선이 천천히 걸어 나오는 총관에게 향했다.
"도주할 시간?"
"예, 그들의 준동을 사전에 알 수 없었기에……."
총관의 답에 벽갈평의 말이 덧붙었다.
"단리세가가 아니었다면 우린… 아무것도 모르고 당할 뻔했습니다, 가주님."
벽갈평의 말이 아니어도 충분히 짐작할 수 있는 일이었다. 어쩌면 그들의 희생은 단리세가의 가솔만이 아니라 진마벽가, 나아가 소식을 듣고 미리 몸을 피할 수 있었던 수많은 이들의 목숨을 구한 것이다.
그렇다고 고맙다는 감사도, 그들의 희생에 대한 찬사도, 대부분의 힘을 잃은 현실을 위로하지도 않았다. 대신 벽사흔은 미래를 물었다.
"네가 살아 있다면 앞날을 네게 맡겼다는 것일 터, 얼마나 살려 왔더냐?"
살려 온 가솔들의 수를 묻는 것은 아니리라.
"이백의 동량을 살려 왔습니다."
"너희가 스스로 설 수 있을 때까지 진마벽가가 담장이 될 것이다. 그리고 할 수 있는 최선의 지원을 아끼지 않으마."

벽사흔의 말에 총관이 붉어진 눈시울로 고개를 숙였다.
"가, 감사합니다, 가주님."
"그런 인사는 하지 마라. 감사는 도움을 받은 쪽이 하는 것이지, 그 도움에 대한 답례를 받는 곳이 하는 게 아니다."
"가, 가주님!"
"고맙습니다."

그답지 않은 존대에 이은 정중한 포권. 그런 벽사흔을 따라 벽가의 수뇌들 모두가 정중히 포권을 취했다.

그들에게 마주 포권을 취하는 총관의 눈에서 기어코 눈물이 흘렀다.

정문에서의 만남이 대충 정리되자 벽사흔은 도왕의 손에 이끌려 그의 처소로 향했다.
"너……."
그곳에서 벽사흔을 맞은 이는 무극검황을 비롯한 백도의 십대고수들이었다.

지난 무림지회의 혈사와 이번 해남혈검문의 난을 겪으며 줄어든 탓에 모여 있는 수는 많지 않았다.

소림의 권군, 남궁세가의 창천검작, 화산의 매화검작, 그리고 벽사흔을 안내해 온 도왕뿐이었다.
"어서 오시지요, 벽 도우."
무극검황의 인사에 이어 다른 이들도 반가운 표정으로 포권을 취해 보였다.

 좋든 나쁘든 이미 인연을 맺은 이들이었고, 지금의 상황에선 그들이 가장 기다리던 이야기도 했기 때문이다.

 "반가운 얼굴이긴 한다만… 네 새낀 왜 안 보이냐?"

 벽사흔의 물음에 희미한 미소를 지은 무극검황이 답했다.

 "태산파와 함께 내일 중으로 도착할 것이란 연락을 받았습니다."

 "아! 근데 그 무식한 새낀? 설마 여태 백도니 마도니 그러고 있는 건 아니겠지?"

 벽사흔이 지칭한 무식한 새끼의 정체를 짐작한 무극검황이 웃으며 답했다.

 "오고 있는 중일 겁니다."

 "그 자식은 쓸데없는 덴 빨빨거리며 돌아다니더니 정작 필요한 일엔 왜 이리 굼뜬 건데?"

 "생각할 것이 많았던 모양입니다."

 처음에 보였던 마교의 어정쩡한 태도는 굳이 언급하지 않았다. 이젠 한배를 타기로 결정한 후였으니까 말이다.

 "멍청한 놈. 익은 감이 제 입으로 알아서 떨어지길 기다렸던 모양이구만."

 언질을 준 것도 아닌데 정확히 짚어 낸다.

 거칠기만 하고 안하무인 같아도 판단력의 넓이와 깊이가 예사롭지 않음을 단편적으로 보여 주는 행동이었다.

그런 벽사흔을 바라보며 미소를 지은 무극검황이 말했다.
 "벽 도우는 아직 팔팔한 모양이나, 난 삭신이 쑤셔서 이렇게 오래 서 있는 게 부담이라오. 우리 앉아서 이야기합시다."
 그 말에 슬쩍 그를 일별한 벽사흔이 핀잔을 주며 자리에 앉았다.
 "엄살은……."
 벽사흔의 핀잔에 다시 웃어 보인 무극검황이 자리에 앉자 비로소 다른 이들도 자리에 앉았다.
 그렇게 사람들이 자리에 앉자 주인격인 도왕이 입을 열었다.
 "이제 기다리던 사람도 왔으니 미루어 오던 일을 결정해 봅시다."
 "미루어 오던 일?"
 "해남혈검문을 상대할 전력을 짜 볼 예정이야."
 "그건 신강에서 오는 애들이 도착해야 할 수 있는 거 아니야?"
 "물론 그들도 포함시켜야지. 하지만 그들과 우리가 뒤섞이긴 어려울 거다. 그들도 그걸 바라진 않을 거고. 그러니 우린 우리의 조직을 갖추고 그들을 기다리는 게 좋다."
 말인즉슨, 백도끼리 전력을 짜고 곧이어 도착하는 마도끼리의 전력을 운용한다는 소리다.
 한마디로 두 개의 독립된 부대가 하나의 작전을 위해 협력

하는 모양새였다.

 벽사흔은 그것의 폐해와 약점을 누구보다 잘 알고 있었다.

 "효율성 빵점짜리 작전을 짜자는 소리로군."

 "효율성이 떨어질 거란 점은 인정해. 하지만 빵점은 되지 않게 만들어야지."

 "뒤섞을 생각을 못하는 건 그 잘난 백도와 마도의 이념 때문인가?"

 비아냥거림이 분명한 벽사흔의 물음에도 도왕은 피식 웃어 보였다.

 "네가 보기엔 어리석은 짓이겠지만, 어쩔 수 없어. 수뇌부가 그 벽을 허문다고 무사들까지 그렇게 되길 바랄 순 없으니까. 뭐, 수뇌들도 그렇게 되긴 쉽지 않기도 하고."

 "죽기 직전까지 몰려 봐야 정신을 차릴 놈들이란 생각은 안 해 봤어?"

 "아마 죽으면서도 그 부분은 후회하지 않을 공산이 클걸."

 도왕의 답에서 양측 사이에 존재하는 한없이 깊은 골의 존재를 느낀 벽사흔이 고개를 저었다.

 "도무지 이해하기 힘든 노릇이군."

 "이건 이해할 일이 아니라 가슴으로 느껴야 하는 일이니까."

 "그렇게 포장하지 마. 그래 봐야 아집으로밖에 안 보이니까."

여전한 벽사흔의 독설에도 불구하고 도왕은 그저 웃어 보일 뿐이었다.

벽사흔이 자신을 능가하는 고수이기 때문이 아니라 그의 말이 옳다는 걸 도왕, 자신의 머리가 인정하고 있는 까닭이었다.

벽사흔도 더 이상 그걸 물고 늘어져 봐야 소용없는 짓이라고 생각했던지 화제를 돌렸다.

"그나저나 관부 애들하고 놈들하고 충돌한 건 어찌 되었어?"

"관부와 해남혈검문이 충돌해?"

난생처음 듣는다는 듯한 도왕의 표정에 의아해진 건 벽사흔 쪽이었다.

홍호에서 만난 오휘민의 말대로라면 지금쯤은 양측이 충돌을 벌이고도 남았을 시간이었기 때문이었다.

"설마 몰랐던 거야?"

"전혀."

"그럼 뭘 알고 있는 건데?"

"오늘 아침, 무당이 불탔다는 거."

도왕의 답에 벽사흔의 시선이 슬쩍 무극검황에게 향했다. 그는 눈을 감고 도호를 뇌까리고 있었다.

그런 무극검황에게서 시선을 돌린 벽사흔이 물었다.

"그전엔?"

"사천이 당했지."

"그 사이엔?"

"남련의 선발대가 동정호에서 당했다는 정도. 아! 그러고 보니 동정십팔채도 비슷한 시기에 당했군."

도왕의 답 어디에서도 관부와 해남혈검문의 충돌을 짐작하게 할 만한 일은 없었다.

"그 외의 소식은 정말 없어?"

"아까부터 관부와 해남혈검문의 충돌을 이야기하더니 왜 그래? 정말 그들이 맞붙기로 한 거야?"

"내가 들은 소리가 맞는다면 맞붙기로 한 게 아니라 이미 충돌했어야 해."

벽사흔의 답에 도왕은 물론이고 다른 이들의 눈에도 놀람이 들어섰다. 눈을 감고 있던 무극검황도 두 눈을 번쩍 뜰 정도로 놀라고 있었다.

"어디서 들은 이야기인데?"

도왕의 물음에 벽사흔은 답을 하는 대신 자리에서 일어섰다. 그런 벽사흔에게 의아한 표정의 도왕이 물었다.

"왜?"

"잠시 다녀와서 다시 이야기하자."

"어딜 가려고?"

"내가 말한 것에 대한 답을 가지고 있는 사람을 좀 만나야겠다."

"그게 누군데?"

도왕의 물음에 벽사흔은 고개를 저었다.

"나중에. 이따 보자."

그 말만 남겨 두고 서둘러 방을 나가는 벽사흔을 바라보는 이들의 시선에는 짙은 의문만이 남아 있었다.

† † †

도처에 난을 친 그림이 걸린 방 안, 언제나 상석에 앉아 부복한 이들을 내려다보던 신국공이 바짝 엎드려 누군가를 맞고 있었다.

"이번 일은… 성급했더군."

"송구… 하옵니다, 은공."

"뒤처리는 잘하였는가?"

"방민이 제법 잘 처리하였습니다."

"어찌하였기에?"

"석수부의 추관을 시켜 감리를 정리하고, 다시 석수부의 추관과 그 수하들을 정리하였습니다."

"마지막 정리는 누가 한 겐가?"

"살막입니다."

제법 뼈대 있는 자객 집단이다. 입도 무겁고, 뒤탈에 대한 소문도 아직 없는 곳이다.

"나쁜 선택은 아니로군."

"감사합니다."

"그렇다고 마음을 놓으라는 소리는 아닐세. 사라진 이들을 황제가 언젠간 찾을 테니까. 그 고비를 무사히 넘긴 후라야 위기는 완전히 넘어갔다고 볼 수 있을 걸세."

"명심하겠습니다."

"자네가 그리하겠다니 맡겨 두지. 그리고……."

뒷말을 흐리며 무언가를 꺼내 놓은 은공이 말을 이었다.

"이 용모파기에 들어 있는 자의 뒷조사를 좀 해 주어야겠네. 부모와 출신지부터 지금까지의 인생 모두."

"그리하겠습니다."

답하는 신국공에게 은공이라 불리는 노인이 용모파기가 그려진 종이를 건네주었다. 조심스럽게 그것을 받아 펼쳐 본 신국공의 고개가 벌떡 일어섰다.

"이, 이자는 어찌……?"

물어 오는 신국공의 얼굴엔 경악이 가득했다. 그걸 바라보며 은공이 물었다.

"왜, 그자에 대해 아는 것이라도 있는 겐가?"

"이자이옵니다."

"뭐가?"

"그간 줄기차게 말씀드렸던 어림대장군 말이옵니다."

순간 은공의 표정이 그대로 굳어 버렸다.

표정만이 아니다. 그의 몸도 마치 돌이 된 양 그대로 굳어 버렸다.
그 모습에 놀란 신국공이 손으로 건드려 보고 싶을 정도로.
"으, 은공?"
신국공의 부름에 천천히 눈동자만 움직여 그를 바라본 은공이 물었다.
"그가 진정 어림대장군이란 말인가?"
"예, 은공."
"자네가 말한 어림대장군은 이미 팔순이 넘었어야 하지 않나?"
"그것이… 일전에 이자에 대한 소문도 말씀 올렸었던 기억이 있습니다만……."
"어떤 소문?"
"동녀의 정혈을 마시고 늙지 않는 비법을 지녔다고 말이옵니다. 물론 궁녀들 사이에서 도는 소문이기에 헛소리로 치부되긴 하였사오나… 그의 외모가 나이를 먹지 않는 것은 진실입니다."
신국공의 답에 이젠 은공의 눈빛이 거칠게 떨려 왔다.
"왜… 그러십니까?"
신국공의 물음에 은공이 답을 하려는 찰나, 밖에서 집사의 음성이 들려왔다.

"대인, 손님이 찾아오셨습니다."

"누구도 들이지 말라 하였거늘!"

불쾌한 신국공의 음성에 당황한 집사의 음성이 이어졌다.

"그것이… 손님의 신분이……."

"지위 고하를 막론하라 하지 않았더냐!"

"그것에서 비켜 있는 분이십니다, 대인."

비켜 있는 사람.

어떤 상황에서도 방문을 거절하지 말라고 자신이 미리 집사에게 언질을 해 놓은 사람을 지칭한다.

그것에 해당하는 사람은 단 둘이다. 그중 한 명은 대명의 주인이다.

"서, 설마 황상께서?"

"그분이 아니옵니다, 대인."

집사의 답에 이번엔 신국공의 눈빛이 흔들렸다.

그러면 남는 사람은 한 사람이다.

대명의 주인인 황제보다 더 상대하기 껄끄러운 인사이자 자신이 집사에게 언질을 해 놓은 두 번째 사람… 바로 어림대장군이다.

심상치 않은 신국공의 반응에 은공이 물었다.

"누가 온 것인가?"

"그, 그것이… 이, 이자이옵니다."

용모파기를 가리키는 신국공의 음성에 은공은 눈동자마저

굳어진 듯 보였다.

그런 방 안의 침묵을 집사의 음성이 깨트렸다.

"대, 대인, 속히 답을 주십시오."

음성에 가득한 공포가 방 안에 있는 사람들에게까지 전해진다. 집사가 얼마나 그를 두려워하는지 고스란히 느낄 수 있었다.

어찌할 바를 몰라 자신을 바라보는 신국공에게 은공이 말했다.

"잠시 뒷문을 통해 자리를 비우고 그를 들여보내게."

"예?"

"이유는 묻지 말고, 그리해 주게."

은공의 말에 잠시 머뭇거리던 신국공이 고개를 조아리곤 자리에서 일어섰다.

"안으로 뫼시어라."

신국공의 허락에 답하는 집사의 음성에 기쁨이 어렸다.

"예, 대인. 곧 모셔 오겠습니다."

집사의 발걸음이 멀어져 가자 상석에 앉은 은공에게 고개를 조아려 보인 신국공은 상석 뒤편에 마련된 뒷문을 통해 방을 나갔다.

그렇게 신국공이 방을 비운 직후…

"대인 손님이……."

벌컥-

집사의 음성이 채 끝나기도 전에 문이 열리며 용모파기에 그려진 사내, 벽사흔이 들어섰다.

이쪽은 제대로 보지도 않고 털썩 자리에 앉은 벽사흔이 심통 가득한 음성으로 말문을 열었다.

"오랜만이야, 영감."

"그래, 오랜만이로구나."

비로소 상대의 음성이 자신이 찾아온 이와 다르다는 걸 알아차린 벽사흔이 제대로 상석에 앉은 이를 바라보았다.

"어라! 영감은 누구요?"

"몰라보겠느냐?"

"날… 아시오?"

"알다마다."

"어디서 만난 사이요?"

"날 잘 보면 기억이 날 게다."

은공의 말에 그를 유심히 바라보는 벽사흔의 눈이 점점 커져 갔다.

그리고 믿기지 않는다는 음성이 새어 나왔다.

"마, 말도 안 돼!"

9권에 계속

www.mayabook.co.kr

www.mayabook.co.kr

www.mayabook.co.kr